Regina Oversberg

Du hast genau **ein** Leben
Überzeugter Soldat der Wehrmacht,
desillusionierter Schulleiter in der DDR,
verzweifelter Freitod

… Aber wer oder was machte ihm so schreckliche Angst? Die Staatssicherheit? Hatte ihn jemand in der Hand? Oder war es die Vergangenheit, die ihn nicht losließ? Oder alles zusammen? Diese Fragen blieben 40 Jahre unbeantwortet, aber bei jedem Familientreffen erwachen sie wieder zu neuem Leben. Sie vergiften und quälen und geben keine Ruhe. Es ist, als müsste der Tag der Beisetzung wieder und wieder erlitten werden. Dabei gilt es auch jedes Mal den allerersten Gedanken auszuhalten, den wir alle mit der Todesnachricht hatten: „Gott sei Dank, endlich Ruhe, endlich ist es vorbei!" Erst dann kommt die Trauer, zeitversetzt, aber umso heftiger, denn wir Kinder haben trotz allem unseren Vater geliebt! Das Vorbeisein gilt der Ehe, dem elterlichen Miteinander, das geprägt war von Gewalt, Streit und Schlägen. Jeder von uns war froh zu wissen, dass es das nun nicht mehr geben würde. In den Auseinandersetzungen hielten wir stets zum schwächeren Teil, unserer Mutter. Aber das Problem dabei war, dass wir Kinder auch sie nicht verstehen konnten. Es war uns unerklärlich, wie sie auf die gleiche Situation stets auf die gleiche undiplomatische Art und Weise reagierte. Wir verstanden unsere Eltern nicht und daran hat sich bis zum heutigen Tag nichts geändert. Deshalb ist es an der Zeit, Antworten zu suchen …

Du hast genau **ein** Leben

Überzeugter Soldat der Wehrmacht,
desillusionierter Schulleiter in der DDR,
verzweifelter Freitod

von

Regina Overberg

2020

Schlagworte

Weimarer Republik, Zweiter Weltkrieg, Wehrmacht, Soldat, Nationalsozialismus, Nachkriegszeit, Schule, Bildungssystem, DDR, Sozialismus, Stasi, Zeitzeugenbericht, familiäre Gewalt, Generationenkonflikt, Lehrer, Kriegsveteranen, Freitod

Impressum

© Regina Oversberg, Bad Dürrenberg, 2011/2020
Titel- und Umschlaggestaltung Pierre Kynast
Titelbilder und Bilder im Buch: Familienbilder Regina Oversberg

Zweite, durchgesehene, korrigierte und ergänzte Neuausgabe
© pkp Verlag, Pierre Kynast, Merseburg, Februar 2020 – Internet:
pkp-verlag.de – Herstellung und Vertrieb: Books on Demand
GmbH, Norderstedt – Paperback: ISBN 978-3-943519-43-3 –
E-Book: ISBN 978-3-943519-44-0

Inhalt

Vorwort

Erinnerungen

Als ein Dresdner Nachkriegsjunge, der die blutigen Narben seiner Heimatstadt und die bitteren Nachwehen von fünf schweren Kriegsverwundungen seines Vaters miterlebt hat, der den Fleiß und den Aufstieg seiner lieben Eltern vorgelebt bekam, entfaltet sich für mich in diesem hier beschriebenen Kriegsszenario mit den kargen danach folgenden Überlebenskämpfen – festgehalten in lebendigen Bildern – ein besonderer Wert. Lebenserinnerungen werden wieder wachgerufen. Der Stolz auf die Lebensleistung der Eltern genauso wie die Suche nach der eigenen Identität.

Nie wieder Krieg. Nie wieder Massenmanipulation. Nie wieder Verfolgung. Nie wieder Vertreibung. Und doch, wie ein Naturgesetz wirkte es fort, schuf in der neuen Zeit eigene, subtilere Formen der Unmenschlichkeit. Es entstanden neue Fassaden aus dem liegen gebliebenen längst nicht verarbeiteten Schutt dieser neuen Freiheit. Die scheinbare Idylle des Aufbruchs verhieß Glück und Erfüllung. Das Beispiel des Wirtschaftswunders entwickelte allmählich eine neue Freiheit des Konsums. Das erwartete Wunder des wirklich freien Menschen durch Gleichheit und Brüderlichkeit in dem kleineren der beiden deutschen Ländern endete in dem berühmten Genuss durch Verzicht, wo offiziell indes jeder Genuss – auch dieser Verzicht – nicht propagiert wurde. Die Chancen schwanden und schwinden noch heute, jeden Krieg mit seinen schrecklichen Folgen wirksam zurückzudrängen. Deutschlands gibt es nach wie vor viele. Einzelschicksale belegen eindrucksvoll diese Überlegungen.

Nach ihrer Pensionierung beginnt Regina Oversberg als Nachkriegskind diese Welt jenseits von dem Laufrad des Alltagstrubels für sich selbst zu finden und aufzuarbeiten. Sie schreibt einfühlsam von der Liebe zu ihrem Vater, den sie als junge erwachsene Frau plötzlich verliert und diesen Verlust des fröhlichen, klugen und zwiespältigen Mannes quälend, traurig und unverarbeitet hinnehmen muss. Schweigen, Ungeklärtes, Lügen überall. Und Jahrzehnte danach entdeckt sie in sich selbst die Kraft und den Mut, für sich und für Ihre Lieben energisch und schmerzhaft auf die offenen Fragen eine öffentliche Antwort zu formulieren, auch auf die Gefahr – das weiß sie genau – möglicherweise neuer Nerven aufreibender Misslichkeiten hin. Hier ist zu spüren, dass das Schreiben nicht Freizeit sondern Pflicht zur Selbstaufklärung wird. Sie kehrt zu ihren Wurzeln zurück.

Der unbedingte Wille, die Zerrissenheit ihres geliebten unglücklichen Vaters und gleichzeitig das Mitwirken der damaligen politischen Intrigen um ihren Vater endgültig aufzuklären, verdient um so mehr Anerkennung, als die dabei ausgelöste seelische Belastung enorm ist und war, einhergehend mit komplizierten und zermürbenden Auseinandersetzungen bei Ämtern und Zeitzeugen. Hier darf ich allen raten, die bewundernswerte Energie und Umsicht trotz aller Belastungen ebenfalls aufzubringen. Das schenkt tiefe Einsichten, das bindet die Familie enger aneinander, entwickelt neue frische Lebensenergie. Ich durfte mich persönlich bei einem Leserforum davon überzeugen.

Das Buch ist eines von vielen Tausenden Neuerscheinungen. Warum sollte man es überhaupt lesen? Es ist kein Kriegsbuch, aber es schildert mit heftiger Emotionalität die Totalität des Krieges. Da glaubte ich, Remarque in den

Händen zu halten. Es ist keine Familiensaga, jedoch zeigt es Familiengeschichte mit allen Licht- und Schattenspielen auf. Thomas Mann lässt grüßen. Es ist auch kein Agententhriller, hat indes einen echten Beiklang davon. Le Carré. Es ist kein Geschichtsbuch, weist allerdings Passagen aus, die denen Rechnung tragen. Henryk Sienkiewicz ist wohl ein Musterbeispiel mit seinem Quo Vadis. Erst recht ist es kein Roman geworden á la Werther. Dieses Buch entfaltet eine urwüchsige Kraft durch die Mischung aus leichter Schwermut und korrekter Phantasie.

Warum also habe ich es gelesen? Es war weder Neugierde noch Zeitvertreib. Es war vielmehr eine Begegnung mit dem Gefühl, die Autorin auf ihren Spuren der Entstehung bei der Aufarbeitung des großen Puzzles Vaterliebe begleiten zu dürfen. Spannend und einmalig. Erahnend, was sie allein bei der Suche nach Fundstücken, bei den zahlreichen lokalen und persönlichen Begegnungen mit der Vergangenheit an widersprüchlichen Gefühlen durchlebt haben muss. Zwischen Zeilen, Abschnitten und Kapiteln steckt das unfasslich Formulierbare, das Erfüllende. Hineingebrannt. Ihre Filigranität der Suche, die engagierte Verdrängung von Selbstzweifeln, das Herzblut in jeder Sentenz ebenso ihr wahrnehmbares echtes Gefühl, nun endlich ankommen zu dürfen – das gibt dem Buch dadurch seinen einzigartigen Charakter. Die Unverwechselbarkeit der nachvollziehbar aufgearbeiteten Selbstbegegnung ihrer eigenen Gefühlslage macht für mich den Wert des Buches aus: ich erlebe mich selbst auf der Suche nach meinen Wurzeln. Als Psychologe liegt dies wohl nahe.

Einige Überlegungen entstanden erst nach dem Lesen.

Wie viele ehemaligen und heutigen Soldaten, die Väter geworden sind, haben diesen furchtbaren Krieg unbeschadet an Leib und Seele überstanden? Konnten sie alle eigentlich

„gute" Väter und Ehemänner sein, werden? Wie gehen und wie gingen sie mit ihren unsichtbaren Narben um? Ist das heute ein Thema? Ja, es ist wieder eines geworden. Das sollte uns nachdenklich stimmen.

Zu guter Letzt. Ich wünsche der Autorin eine aufmerksame Leserschaft, viele Reaktionen, Aktionen. Den Lesenden wünsche ich das Finden ihrer selbst. Vielleicht werden Sie für Ihre Enkel auch noch ein Stückchen der Geschichte fassbar machen, unsere Enkel warten genau darauf!

Einmal werden die Urenkel in die Lage gesetzt sein, die Tragweite des Werkes – es ist eines – aufzuschließen und für die nächsten Generationen fruchtbar zu machen.

Alles Gute.

Klaus-Dieter Matz
Leipzig, im Frühjahr 2011

Lorenz S.

1. Einleitung

Wenn ich mich einmal im Monat mit meinen Freundinnen zu einem gemütlichen Nachmittag mit Kaffee, Kuchen und einem Gläschen Wein treffe, dann sind wir uns jedes Mal einig darüber, dass es uns gut geht, wirklich gut! Denn wir hatten viel Glück, genau in dieser Zeit leben zu dürfen. War doch unser Leben geprägt von Sicherheit, einer rasanten technischen Entwicklung und das Wichtigste überhaupt, wir durften im Frieden leben. So gab es für unsere Generation glücklicherweise keine großen Naturkatastrophen, keinen Krieg, kaum etwas, was von außen gewaltsam und zerstörerisch in unser Leben eingebrochen wäre.

Geboren im Jahre 1948, kannte ich den Krieg lediglich aus den Berichten meiner Eltern. Aber obwohl sie diese Ereignisse noch immer, auch viele Jahre später, stark beschäftigten, erzählten sie uns Kindern nicht direkt davon. Alles, was wir aus dieser Zeit erfuhren, hörten wir eher beiläufig, wenn wir ihre Gespräche mit anderen Erwachsenen belauschten. Dabei übernahmen wir ihre Erlebnisse so, als ob es unsere eigenen wären. Daraufhin träumte ich in mancher Nacht von Bomben, die aus Flugzeugen fielen, von Explosionen und Feuerbrünsten. Ich sah mich selbst als Soldat herumirren und fand nur eine Möglichkeit zu überleben: Ich stellte mich tot. Im Traum half das immer.

Als ich 17 Jahre alt war, der Zweite Weltkrieg lag also bereits 20 Jahre zurück, erklärte sich mein Vater bereit, mir einige Fragen zu seinen Kriegserlebnissen zu beantworten. Dabei stellte sich heraus, dass er noch immer von den traumatischen Ereignissen verfolgt wurde. Ihn quälten stets und ständig Albträume, in denen er die schlimmsten Momente aufs Neue durchleiden musste. Doch diese Träume waren nur eine Seite der Nachwirkungen des Krieges. Andere waren dazu gekommen, zeitverzögert, und nahmen dramatische Formen an, wie der stete Alkoholkonsum oder die regelmäßigen gewaltsamen Auseinandersetzungen mit unserer Mutter.

Heute sprechen Psychologen von „Posttraumatischer Belastungsstörung" oder Kriegstrauma. Heute wissen wir, was der Krieg mit den Seelen macht und trotzdem schicken zivilisierte, hochentwickelte Länder immer wieder junge Männer dort hinein. Lange Zeit sprach man nicht mehr von Krieg, sondern verwendete lieber weiche Euphemismen, um zu beschönigen, was nicht zu beschönigen ist.

So war die Rede von „Krisengebiet", „Konfliktbewältigung" oder „Terrorismusbekämpfung", denn das Wort „Krieg" war seitdem zweiten, großen, letzten Weltkrieg nicht mehr gesellschaftsfähig. Es hatte einen zu negativen Bedeutungswert erhalten. „Nie wieder Krieg" hieß es nach 1945 und es war wahrhaftig ehrlich gemeint. Heute scheint sich kaum noch ein Politiker an diesen Schwur erinnern zu wollen, obwohl jede Familie in diesem Krieg Opfer zu beklagen hatte, alle litten und hungerten, viele ihre Heimat und beinahe jeder Angehörige verloren hat. Hier war jede Familie in einem bisher unbekannten Ausmaß betroffen.

Und als der Krieg vorbei war, ließen sich die Trümmer in den Landschaften und die Schäden in den Seelen nicht einfach wegwischen wie überflüssiger Staub. Die Vergangenheit klebte an allen, nur in unterschiedlicher Intensität. Und allmählich wurden aus diesen Kriegsbeteiligten zunehmend Opfer ihres „eigenen Krieges" im Inneren, ohne dass Staat und Gesellschaft bereit waren, dies zu erkennen oder den Betroffenen zu helfen.

Und infolgedessen beschädigte ihr Kriegstrauma nicht nur ihr eigenes Leben, sondern auch das ihrer Familien.

Ich möchte mit diesem Buch diese Problematik am Beispiel meiner Familie darstellen, wobei ich aber auch an die Generation der Enkel und Urenkel denke, für die die Ereignisse des Zweiten Weltkrieges bereits eine historische Dimension entfernt zu liegen scheinen. Sie schlagen ihre

Schlachten heute mit Cola und Chips am Computer. Doch dann ziehen einige von ihnen im Auftrag der Bundeswehr als Soldaten, weniger aus ideologischen, sondern vielmehr aus wirtschaftlichen Zwängen heraus, in den Kosovo oder nach Afghanistan und versuchen danach an ihr altes Leben anzuknüpfen. Doch auch sie müssen erkennen, dass es so einfach nicht ist. Neurotische Zwänge und tiefe Ängste halten viele von ihnen oft davon zurück und so bleiben auch sie Gefangene des Krieges in sich selbst.

2. Das Telegramm

„Komm nach Haus, Vati tot."

Ich halte das Telegramm in den Händen, lese und mit einem Mal ist die Welt eine andere. Bis zum Abend sehe, fühle und höre ich alles wie durch Watte. Erst dann kann ich weinen und fragen: „Wieso tot, tot mit 50 Jahren? Wir haben doch erst im Januar seinen Geburtstag gefeiert!" „Dein Vater ist auch nicht eines natürlichen Todes gestorben!" verkündet daraufhin mein Mann. Ich bin entsetzt, empört und neue Tränen fließen. Ich weine um meinen Vater, um sein, mein, unser betrogenes Leben. Niemand würde es uns zurückgeben, niemand konnte das.

Es ist der 18. April 1972 und am nächsten Tag komme ich nachmittags mit meiner kleinen Familie in der elterlichen Wohnung an. Wir sind die Letzten, die eintreffen, denn mein 20-jähriger Bruder ist bereits aus Potsdam wieder zurück. Er war dort gerade angereist, als auch er ein gleichlautendes

Telegramm erhält. Die geplante Geburtstagsfeier mit seinen Kommilitonen fällt ersatzlos aus. Auch meine Tante Dorothea aus dem Nachbarort ist bereits da, um meiner Mutter beizustehen, so wie sie es bisher auch getan hat. Zu der kleinen Gemeinschaft gehören noch meine 12-jährige Schwester und mein 4-jähriger Bruder.

Sehr schnell wird klar, dass mein Vater nicht einfach so gestorben ist, nein, er hat sich das Leben genommen.

Als Schulleiter in einem 1000-Seelenort tätig, ist es auch für das Dorf ein Schock, denn jeder kannte ihn nur lebensfroh, zugänglich und stets freundlich. Für uns als Familie eine Katastrophe und ein furchtbarer Verlust! Über die letzten zwei Tage meines Vaters erzählt meine Mutter eine sehr merkwürdige Geschichte. Wir sind sprach- und fassungslos, können uns keinen Reim auf das Geschehen machen. Es gibt auch einen Abschiedsbrief, der uns aber nicht vorliegt. Ihn und auch meinen Vater hat die Staatssicherheit bereits mitgenommen, beides zur Überprüfung. Und so kommt es, dass die Beerdigung erst zwei Tage später stattfinden kann und wir in dieser Zeit viel über die Ursachen des Selbstmordes spekulieren, ohne zu einem Ergebnis zu kommen.

Dann kommt der Tag der Beerdigung. Sie findet im Geburtsort meines Vaters statt, dort, wo er die Welt in seinen schwersten Tagen mit den Begriffen Heimat, Glück, Liebe, mein Himmel, meine Sterne verband. Dort, wo er aufgewachsen war und die Menschen ihn lieben und schätzen gelernt hatten. Daher sind neben der Familie und seinem Kollegium auch viele alte Freunde und Bekannte aus dem Ort bei der Beisetzung anwesend.

Die Schlange der Kondolierenden ist lang, aber ohne einen Vertreter der Partei oder des Staates. Auch die anderen Schulleiter aus dem Kreis sind nicht anwesend. Da erscheint das Kommen der Kollegen und des Bürgermeisters aus unserem Ort schon beinahe als mutige Tat, denn die Mitarbeit der Staatssicherheit bei der Ursachensuche für die Tragödie hat für schlimme Verunsicherung unter den Menschen gesorgt. Diese Tatsachen scheinen die Geschichte meiner Mutter zu bestätigen. Und die läuft darauf hinaus, dass mein Vater am letzten Tag seines Lebens vor etwas fürchterliche Angst hatte, auf etwas wartete, seine Papiere ordnete, den Abschiedsbrief schrieb und sich am Abend dieses Tages dann das Leben nahm. Aber wer oder was machte ihm so schreckliche Angst? Die Staatssicherheit? Hatte ihn jemand in der Hand? Oder war es die Vergangenheit, die ihn nicht losließ? Oder alles zusammen?

Diese Fragen blieben 40 Jahre unbeantwortet, aber bei jedem Familientreffen erwachen sie wieder zu neuem Leben. Sie vergiften und quälen und geben keine Ruhe. Es ist, als müsste der Tag der Beisetzung wieder und wieder erlitten werden. Dabei gilt es auch jedes Mal den allerersten Gedanken auszuhalten, den wir alle mit der Todesnachricht hatten: „Gott sei Dank, endlich Ruhe, endlich ist es vorbei!" Erst dann kommt die Trauer, zeitversetzt, aber umso heftiger, denn wir Kinder haben trotz allem unseren Vater geliebt! Das Vorbeisein gilt der Ehe, dem elterlichen Miteinander, das geprägt war von Gewalt, Streit und Schlägen. Jeder von uns war froh zu wissen, dass es das nun nicht mehr geben würde. In den Auseinandersetzungen hielten wir stets zum schwächeren Teil, unserer Mutter. Aber das Problem dabei war, dass wir Kinder auch sie nicht verstehen konnten. Es war uns unerklärlich, wie sie auf die gleiche Situation stets auf die gleiche undiplomatische Art und Weise reagierte. Wir verstanden unsere Eltern nicht und daran hat sich bis zum heutigen Tag nichts geändert.

Deshalb ist es an der Zeit, Antworten zu suchen, um uns allen endlich unseren Seelenfrieden zu geben, damit wir begreifen, was und warum dies alles mit uns geschah und wie intensiv diese Ereignisse unser Leben geprägt haben.

Ich berichte hier über unsere Familiengeschichte und möchte mich deshalb als Beteiligte unbenannt eingliedern in die Reihe all derer, für die diese Geschichte ihr Leben war.

3. Das Elternhaus

Die Familie 1925

Man schreibt das Jahr 1922. Noch immer hat sich Deutschland nicht von den Folgen des Ersten Weltkrieges erholen können. Die Wirtschaft kommt nur schwer in Gang, die Menschen leiden unter Arbeitslosigkeit und damit verbundener Existenzangst. Erschwert wird das Leben der

Deutschen durch eine galoppierende Inflation, deren Höhepunkt aber noch nicht erreicht ist. In diese schweren Anfangsjahre der Weimarer Republik hinein wird Lorenz S. geboren.

Sein Elternhaus steht in einem der Harzdörfer in der Nähe von Blankenburg, in einem Ort, wo die Männer in den Kalkwerken und Gruben der Umgebung ihr Geld verdienen. Es gab nie ein leichtes Leben in den Harzdörfern, nicht umsonst tragen sie auch solche Namen wie Elend und Sorge. Aber das ist weiter oben, dort, wo man mit der Hand schon nach dem Brocken greifen kann.

Das Klima hier ist überall rau, die schöne warme Jahreszeit viel zu kurz und die Winter meist endlos lang. Dazu kommt der kalte Brockenwind, der stetig, nur mit wechselnder Intensität, durch die Straßen und Gassen des Dorfes weht. Die Häuser des Ortes haben eher ein bescheidenes Aussehen, aber fast alle sind sie mit Schiefer oder Holz von außen verkleidet. Eine gute altbewährte Wärmedämmung für die endlosen Wintertage.

Umgeben sind die Gebäude von ihren Hausgärten zur Selbstversorgung und den Nebengelassen für das Vieh. Dadurch wird das kleine Dorf recht groß und wenn man es von einem zum anderen Ende durchläuft, werden die Wege schon lang, so dass die Einwohner es selbst in Ober- und Unterdorf aufteilen.

Im Unterdorf gibt es eine Reihe besonders kleiner Häuser, ohne Außenverkleidung oder sonstigen Zierrat. Das sind die Katen der Ärmsten, der Weber, der Bergleute und der Zugezogenen.

In so einem ärmlichen Häuschen kommt Lorenz also im Januar 1922 zur Welt.

Das Häuschen und Familie

Sein Vater ist Bergmann, dessen Vater wiederum ein Zuge-
zogener war, der seine Heimatstadt in Italien ca. 1880 auf der
Suche nach Arbeit verließ.

Lorenz Vater erhält 1915, mit 17 ½ Jahren, die deutsche
Staatsbürgerschaft, um kurz darauf für den Kaiser in den
Krieg zu ziehen.

Seine Mutter stammt aus dem Nachbarhaus und wächst
mit ihren zwei Schwestern und einem Bruder in ähnlich en-
gen und dürftigen Verhältnissen auf. Als sie 17 ist, stirbt ihre
Mutter und sie selbst muss nun den Haushalt führen.

Es ist nicht das Leben, von dem sie als Mädchen einst
geträumt hatte, sie will mehr, will heraus aus der Enge und
der Not! Als dann der Nachbarsjunge aus dem Krieg heim-
kehrt, gründen beide ihre eigene Familie, verbunden mit großen Hoffnungen und Träumen. Aber die Zeit ist dafür nicht
geeignet. Durch den verlorenen Krieg herrscht großer Mangel an Lebensmitteln und Brennstoffen. Harte Arbeit und

reichlich Entbehrungen gehören deshalb zum Alltag in dieser Zeit.

Als dann der zweite Sohn, Hans, zur Welt kommt, ist Lorenz gerade zwei Jahre alt. Die Jungen sehen immer aus wie „aus dem Ei gepellt" durch den großen Eifer ihrer Mutter, die mit Nähen und Stricken emsig dafür sorgt. Ihr Lieblingswort ist „akkurat". Zuwendung, Liebe sind ihr nicht so wichtig, hat sie selbst doch kaum welche erfahren. Aber die beiden Brüder haben ja sich und entwickeln ein inniges Verhältnis zueinander. Sie sind intelligent, fleißig und haben es in der Schule leicht.

Die Brüder Lorenz und Hans

Lorenz ist ein stilles, ernstes Kind, das jeden mit seinem prüfenden Blick kritisch ansieht. Er ist eben ein Kind seiner Zeit, die von Sorgen und Mangel überschattet wird.

Im Sommer strolchen die Jungen oft im nahegelegenen Buchenwald herum, dem besten Spielplatz der Welt, wo sie sich nach Herzenslust austoben können. Im Winter aber haben sie von allen Kindern des Ortes die besten Karten, denn direkt vor der Haustür beginnt die Rodelbahn und zieht sich die Straße hinunter bis an den Waldrand. Mit dem ersten Schnee kommen die Schlitten und Skier aus den Schuppen und werden flott gemacht. Natürlich will jeder der Schnellste sein und so haben sie alle ihr ganz persönliches Rezept zur Aufpolierung der stumpfen Bretter und Schlitten. Und wenn es dann so weit ist, geht es den Berg hinunter und nur die Besten schaffen es bis an den Waldesrand. Aber dafür haben sie dann den längeren Rückweg. Pech gehabt! Und kommt dann langsam die Dämmerung, geht keiner freiwillig heim, denn es gibt kaum etwas Schöneres als im glitzernden Schnee bei klarem Sternenhimmel zusammen mit den anderen den Hang hinunter zu sausen. Meist ist es dann der Ruf der Mutter oder es sind die Schmerzen in den steif gefrorenen Fingern, was dem Treiben ein jähes Ende bereitet. Und die eben noch so belebte Straße taucht ein in die Dunkelheit und Kälte der Winternacht.

Eine weitere winterliche Attraktion für die Kinder ist der Feuerlöschteich, ein großes ausbetoniertes Becken mitten im Ort. Voller Ungeduld warten sie jedes Jahr darauf, dass die starken Nachtfröste für eine tragbare Eisdecke sorgen. Immer wieder wird vorsichtig geprüft, ob das Eis schon halten könnte, bis die Mutigsten es wagen und so kommt dann ein Kind nach dem anderen hinzu.

Auch Lorenz ist dabei, noch am Rand, will auch er zur Mitte rutschen. Doch in diesem Moment gibt es unter ihm ein krachendes Knacken: Das Eis reißt auf und Lorenz verschwindet in der Tiefe des eiskalten Wassers. Reflexartig greifen die Hände nach oben, suchen Halt, aber er fasst nur nach Eisstückchen, die ihm durch die Finger gleiten. So sinkt er zappelnd in die Dunkelheit, spürt, wie die Kälte ihn eisig umklammert und seine Bewegungen zu lähmen beginnt. Die anderen Kinder verfolgen schockiert den Unfall, der sich in Bruchteilen von Sekunden vor ihren Augen abspielt, und verlassen fluchtartig und schreiend das Eis.

Glück im Unglück! Ein vorübergehender Dorfbewohner erfasst die Situation und rennt hinüber zum Teich. Beherzt greift er ein, sein eigenes Leben aufs Spiel setzend, und bekommt den Jungen gerade noch zu fassen. Er zieht ihn nach oben, legt ihn auf den Bauch und drückt das Wasser aus seinen Lungen. Lorenz spuckt, hustet und kommt wieder zu sich, nachdem er den schwarzen Gevatter bereits ins Gesicht gesehen hatte.

Doch diese Begegnung scheint dem Lorenz S. einen siebten Sinn für gefährliche Situationen gegeben zu haben, zumindest ist er dadurch viel vorsichtiger geworden, was ihm später noch oft das Leben retten wird.

1933 bekommt die Familie nochmals Nachwuchs, es ist wieder ein Junge mit Namen Horst. Die Großen tragen es mit Fassung, denn der Kleine beansprucht nicht viel Platz, da er bei den Großeltern im Nachbarhaus auf der Besucherritze schlafen muss. Lorenz und Hans bringen dem Nachzügler so manchen Unsinn bei. Unter anderem soll Horst zur Hacke Ellenbogen und zum Ellenbogen Hacke sagen. Er fällt auf so manchen Schabernack der Großen hinein, trotzdem wird ein vernünftiger Mensch aus ihm.

Auch Hans und Lorenz haben Ziele, wie einst ihre Mutter, und wollen in ihrem Leben etwas erreichen. Es drängt sie aus der Enge des Elternhauses heraus. Erst 1938, nach dem Tod der Großmutter, können sie sich das Zimmerchen unterm Dach teilen, und bekommen nun endlich ihr eigenes Reich. Da ist Lorenz bereits 16 Jahre alt.

Die Interessen der Brüder gehen in verschiedene Richtungen. Während Hans sich für Sprachen, Geschichte und Literatur begeistert, ist Lorenz der Techniker mit den goldenen Händen, der gern bastelt und experimentiert. Aber ein gemeinsames Hobby haben sie trotzdem: die Musik – jedoch nicht anhören, sondern selbst musizieren. Besonders Hans scheint einfach jedes Instrument, das er in seine Hände nimmt, zu beherrschen und zusammen mit Lorenz, der Akkordeon spielt, sorgen sie für herrliche Hausmusik. Von den vielen Interessen, die Lorenz hat, wird die Musik ihn bis zum Schluss begleiten.

Die Familie 1938 zur Beerdigung der Großmutter mit den drei Brüdern, Lorenz rechts außen

1933, Lorenz ist 11 Jahre alt, da kommen die Nationalsozialisten an die Macht und folglich zieht ein neuer Geist in die Schule ein.

Rektor Reuter und NSDAP-Ortsleiter Gerecke bereiten die Schuljugend auf diese neue Zeit vor, erzählen ihnen von völkischen Mythen, von Opferbereitschaft, blindem Gehorsam und absoluter Treue. In den Tagen nach der Machtergreifung der Nazis brennen in vielen Öfen des Ortes die Uniformen des Rotfrontkämpferbundes, rote Fahnen und Fotos von Ernst Thälmann. Das Land und auch dieses Dorf der Bergarbeiter haben einen großen Farbwechsel vorgenommen.

Entsprechend seiner Neigung beginnt Lorenz 1936 eine Ausbildung zum Flugzeugbauer in den Junkers Werken in Halberstadt, die seit 1934 auch dort in einer Zweigstelle ihre „Jus" bauen. Der tägliche Weg zum Ausbildungsort ist weit und trotzdem muss der letzte Teil des Heimweges oft zu Fuß zurückgelegt werden. Die Lehrlinge, die aus den verschiedensten Richtungen am Bahnhof in Blankenburg eintreffen, warten aufeinander, um dann in kleinen Gruppen gemeinsam durch den Harzer Wald ins Heimatdorf zu gelangen. Auch einige wenige Mädchen sind dabei, was dem Rückmarsch natürlich seinen ganz besonderen Reiz verleiht. Es ist ihre Zeit des Redens, der Späße, des Lachens – ihr Stückchen Freiheit.

Es ist für alle eine schöne, unbeschwerte Zeit.

Doch dann beginnt der Vater zu erkranken und seine Diagnose ist beängstigend, da die Ärzte noch wenig Erfahrung mit Diabetes haben. Die Behandlung beginnt, aber der Einsatz des neuen Medikamentes, Insulin, ist weitgehend unerforscht. Keiner kann wirklich sagen, wie die Heilungschancen aussehen.

Inmitten dieser schweren Zeit erreicht die Familie im Herbst 1940 eine Einladung vom Rektor des Gymnasiums des zweiten Sohnes, Hans. Abgemagert und in viel zu weiten Manchesterhosen macht der Alte, der stets auf sein Äußeres bedacht war, keine so gute Figur.

„Mann, wo haben Sie denn nur diesen Sohn her!", begrüßt ihn der Rektor an der Tür seines Büros und teilt dem Vater mit, dass man mit den Leistungen von Hans mehr als zufrieden ist. „Aus diesem Grund schenken wir Ihrem Sohn das Abitur!" Hans braucht keine Prüfungen abzulegen, für ihn ist die Schulzeit plötzlich vorbei. „Na, was für berufliche Pläne hat denn der Junge?" schiebt der Rektor hinterher. „Journalist möchte der Hans mal werden, davon träumt er schon sehr lange", antwortet der Vater voller Stolz. Für ihn, als Kind eines Einwanderers, gab es diese Chance noch nicht. „Na," meint der Gegenüber, „das sollte der Hans sich noch mal gründlich überlegen, denn was wir jetzt brauchen, sind doch gute, intelligente Offiziere!". Das Gespräch ist beendet und mit gemischten Gefühlen fährt der Vater in sein Dorf zurück.

Er muss nicht mehr miterleben, wie seine Söhne in den Krieg ziehen, denn am 4.1.1941 stirbt er im Alter von 43 Jahren an seiner Zuckerkrankheit.

„Müh und Arbeit war sein Leben, Gott er hat ihm Ruh gegeben" lautet die Inschrift auf seinem Grabstein. Und er bekommt ein schönes Grab auf einem großzügig angelegten Friedhof, direkt vor der Kapelle und neben dem altehrwürdigen Buchenwald. Ein schöner Platz für die Ewigkeit. Aber vielleicht wäre ihm der Platz inmitten seiner Familie doch lieber gewesen?

Der Zweite Weltkrieg beginnt mit dem Überfall auf Polen am 1.9.1939. Im Heimatort wird dieses Ereignis an der

Schule mit einem Fahnenappell und der Anhörung der Rede Adolf Hitlers gewürdigt. Unter den Kindern auf dem Schulhof steht auch die damals 13-jährige Irma, bei der die Rede einen großen Eindruck hinterlässt.

Irma 11-jährig mit Mutter und Schwester

Ein Jahr später muss sie zum Landdienst, weil sie eine Ausbildung zur kaufmännischen Angestellten anstrebt. Sie stellt sich der Herausforderung mit Begeisterung, auch wenn ihr die erste Zeit dort sehr schwerfällt und manche Träne abends in die Kissen geweint wird.

Der Krieg geht zunächst am Dorf und an der Familie fast ungeschehen vorbei. Doch durch die Wochenschauen erfahren die Bewohner, wie in Europa eine Schlacht nach der anderen geführt wird und Wagners „Götterdämmerung" liefert die stimmige, erhabene Musik dazu. Nach und nach aber wird der Krieg zum Alltag. Vor allem in den Todesanzeigen junger, im Krieg gefallener Männer aus dem Ort spiegelt sich der Krieg wider. Mancher beginnt nun diese Todesanzeigen zu sammeln, weil er die Gefallenen so für sich zumindest bewahren will, denn ein Grab für sie wird es im Heimatort nie geben.

Plötzlich, im Jahre 1942, ist der Krieg auch in der Familie S. angekommen. Der jüngere Bruder Hans erhält die Einberufung zur Panzergrenadierersatzdivision 66. Er hatte sich nach seinem Abitur, wie viele seiner Klassenkameraden, freiwillig zur Front gemeldet und wird nun noch vor dem Älteren als Aufklärer an die Ostfront gerufen. Aber lange braucht auch Lorenz nicht mehr auf seine Einberufung zu warten. Er schämte sich sogar vor dem jüngeren Bruder, weil der vor ihm zum Dienst an die Waffe gerufen wurde. Er hatte sogar Bedenken, dass er den Krieg noch verpassen würde.

Abreise zum Landdienst, Irma in der Mitte

4. Der Krieg – Aus dem Tagebuch

4.1 Die Einberufung

„Ich wurde am 20. Oktober 1942 nach Stralsund eingezogen. Einen Monat später kam ich nach Barth/Ostsee zu einem Lehrgang für Entfernungsmessung. Am 16. April war ich nach bestandener Prüfung in Stralsund in der Ersatzbatterie zurück.“

Die langersehnte Einberufung ist nun endlich da. Mit fast 21 Jahren und einer abgeschlossenen Berufsausbildung als Flugzeugbauer ruft ihn die Luftwaffe zur Flugabwehr. Sein jüngerer Bruder ist zu diesem Zeitpunkt bereits Aufklärer im 2. Aufklärungsbataillon und mitten in die Schlacht um den

Kursker Bogen geraten, was er, wie viele seiner jungen Landsleute, mit dem Leben bezahlt.

… Am ganzen Körper zitternd, erwacht seine Mutter in den Morgenstunden des 26. August 1943. Im Traum war ihr ihr Sohn Hans erschienen, mit ausgestreckten Armen hatte er laut und deutlich nach seiner Mutter gerufen, um dann langsam im Nebel zu verschwinden. Sie ahnt die Bedeutung dieses Traumes und bekommt zwei Wochen später die Bestätigung. Vor der Haustür stehen zwei Landser und bringen ihr die schreckliche Botschaft. Hans ist gefallen für Führer, Volk und Vaterland.

Seine Todesanzeige ist eine von vielen, die im Tagesblatt am 8. Oktober 1943 erscheint. Hinter dem schwarzen Kreuz der Wehrmacht steht folgender Text:

„Mein innig geliebter, hoffnungsvoller Sohn, unser lieber Bruder und Großkind, Gefreiter Hans S. fand am 26. August bei den schweren Abwehrkämpfen im Osten in treuer Pflichterfüllung, kurz vor Vollendung seines 19. Geburtstages, den Heldentod. Uns brachte diese Nachricht unsagbares Leid."

Ganze sieben Wochen später, am 15. November 1943, erfolgt darauf die Versetzung des Lorenz S. an die Ostfront zur 17. Armee auf die Krim.

Der Soldat Lorenz S.

Aber er hat noch acht Tage Einsatzurlaub vor sich. So fährt er nach Hause, in seinen Harz, um die Füße noch einmal unter Mutters Tisch zu stecken. Aber dieser Urlaub steht vor allem unter dem Zeichen der Trauer und des Abschieds. So wird es kein leichter Gang an die Front, keine Jubelfahrt in den Krieg. Doch die Mutter verwöhnt ihren Jungen noch einmal nach allen Regeln der Kunst und lässt es sich auch nicht nehmen, ihn nach Halberstadt zum Zug nach Berlin zu bringen. Auch die Großeltern, die im Nachbarhaus wohnen, nehmen großen Anteil an seiner Abreise.

Hans' Grab in der Ukraine

Auf der langen Zugfahrt wird die Truppe zeitweise von ukrainischen Mädchen begleitet, die russische Lieder in Moll singen. Das sprach in ihm den Musikus an – es rührte ihn sogar sehr. Zum ersten Mal hat er etwas von der russischen Seele in diesen Liedern gefunden, ist beeindruckt und in einem Anflug von Gönnerlaune bietet er den mitfahrenden ukrainischen Soldaten Zigaretten an.

Der Großvater

In Tarnopol wird Station gemacht. Aus dem dortigen Staatsgymnasium ist ein Soldatenheim geworden. Die Bedingungen sind trotzdem nicht sehr komfortabel, denn es gibt kein fließendes Wasser und die Toiletten bestehen aus einem Balken. Es ist gefährlich, sich darauf zu setzen. Zusätzlich regnet es von oben durch. Mit 30 Männern auf einem Zimmer zu schlafen sorgt garantiert für schlechte Luft, aber dafür sind die Gespräche mit den Kameraden sehr anregend. Ob sie aber über Politik, den Krieg, die Russen oder über Frauen reden, verschweigt das Tagebuch.

In der Freizeit gehen sie ins Wehrmachtskino oder in die Stadt. Dann, in der letzten Nacht begegnet ihm Marianne, ein, wie er schreibt, liebes Mädel, ein polnisches Mädel. Das Kennenlernen muss sehr stürmisch in einem Eisenbahnwagen geendet haben. Ob dieses Aufeinandertreffen ohne diese gewissen Folgen geblieben ist, bleibt auch im Verborgenen.

Am nächsten Morgen geht es mit dem Zug weiter nach Odessa. Dort trifft die Truppe am Sonnabend, den 4. Dezember. gegen 16 Uhr ein. Kalt und ungemütlich empfängt sie die Stadt. Das Auffanglager für die Soldaten befindet sich in der Straße zum Flugplatz, in einem ehemaligen Kinosaal, wo sie auf Strohsäcken schlafen müssen.

Aus der anfänglichen Verdrießlichkeit über mangelnden Komfort erwächst innerhalb der drei Tage, die sie dort verbringen, echte Bewunderung für die Stadt mit ihren monumentalen Bauten, ihrem Boulevard, für den Hafen mit der Potemkin'schen Treppe, den Strand mit dem schneeweißen Sand und nicht zuletzt für den Markt, auf dem es alles zu kaufen gibt. Aber wem nutzt dieses riesige Angebot, wenn dabei die Preise ungeheuerlich sind.

Mit einer JU 52, auch „Tante Ju" genannt, fliegt der Nachschub für die 17. Armee schließlich weiter über das Schwarze Meer nach Simferopol auf die Krim. Es ist der erste Flug von Lorenz, dem Flugzeugbauer. Er ist begeistert, wie sich die Maschine vom Boden abhebt und mit dem Steigflug beginnt. Mit 270 km/h nähern sie sich der Halbinsel und dem Krieg. Dann aber überkommt ihn Übelkeit, von der er schließlich durch einen eineinhalbstündigen Schlaf erlöst wird. Nach der Landung geht es vom Flughafen direkt zum Divisionsstab, der sich in einem großen Dorf befindet.

Das endgültige Ziel ist damit immer noch nicht erreicht. Ein Zug bringt sie am 8. Dezember weiter bis Bangerow. Alle möglichen Waffengattungen treffen im Kupee aufeinander. Im Radio wird deutsche Musik gespielt, Militärmärsche dröhnen durch die Abteile. Viele Einheimische, besonders Frauen, befinden sich im Zug. Es ist noch dunkel, früh um 4 Uhr, als der Zug in Bangerow einfährt. Übermüdet steigt die Truppe aus und hört in der Ferne das Grollen der Front.

Jetzt ist Lorenz S. mit seinen Kameraden im Krieg angekommen, jetzt wird der Krieg aus seiner Begriffshülle heraustreten und sie herausfordern, um ihr eigenes Überleben zu kämpfen. Der Feind wird ihnen dabei äußerst selten Auge in Auge gegenüberstehen, dieses Zeitalter ist vorbei. Aber er wird ihnen seine Technik entgegen schleudern, unbarmherzig, gnadenlos, so wie sie es auch tun werden. Und nur wer viel Glück hat, wird zu seinen Lieben heimkehren können.

4.2 Kurzer historischer Einblick in die Lage auf der Krim im Dezember 1943

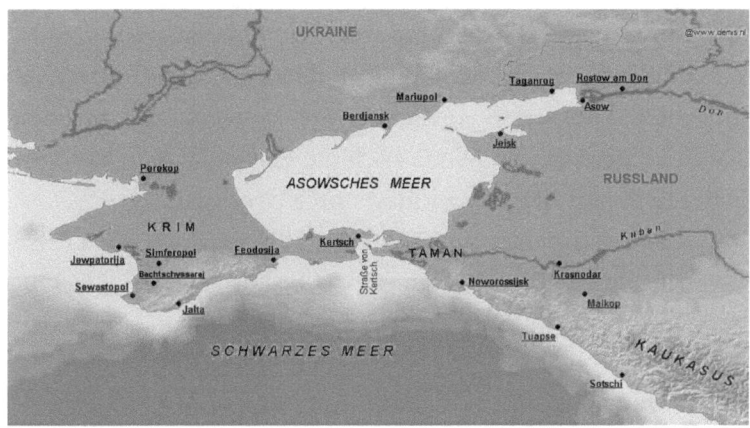

Übersichtskarte Krim

Mit dem Untergang der 6. Armee im Winter 1942/43 begann für die deutschen Divisionen der Rückzug von Finnland bis ans Schwarze Meer. Nach fast vier Jahren Krieg waren die Truppen ausgebrannt, knapp an Personal und durch ständige Abwehr- und Rückzugskämpfe am Ende ihrer Kräfte. Auf der Krim betraf das die 17. Armee, die im Oktober 1943 die Taman Halbinsel aufgegeben hatte und sich in einer großangelegten Rückzugsbewegung bei Kertsch mit vier Divisionen festsetzte. Weitere fünf Divisionen standen im Norden der Halbinsel Krim und drei an der Küste.

Zusammen mit rumänischen Truppen wurde versucht, den Osten der Insel um Kertsch zu halten, was aber ein durchaus schwieriges Unterfangen war. Wenn nicht gerade die auf Taman und bei Kertsch liegenden sowjetischen Truppen mit ihren IL2 immer wieder die deutschen Stellungen bombardierten, dann sorgten die Partisanen aus dem Hinterland für Personal- und Sachverluste. Die Aufgabe der rumänischen

Gebirgsdivision bestand in der Partisanenbekämpfung, aber das Jaila-Gebirge war ein schwer zu überwachendes Gelände.

Mithilfe der Flakregimenter der 9. Flakdivision unter General Pickert war man bemüht, den Luftraum für die sowjetischen Flieger so unsicher wie möglich zu machen. Dadurch gerieten aber stets auch die Flakstellungen auf deutscher Seite auf den Berghöhen unter Beschuss.

Die Gefahr einer vollständigen Einkesselung der 17. Armee mit ihren 200 000 Mann, 3 600 Geschützen, 200 Panzern und 150 Flugzeugen war groß und wuchs mit jedem Tag.

Jeder hoffte täglich auf den Befehl zur Räumung der Halbinsel, auf das geordnete Absetzen auf das rumänische Festland, was im November 1943 noch gut möglich gewesen wäre. So nutzte die Heeresleitung die Zeit, um den angedachten Festungsraum Sewastopol zu bevorraten.

Erst am 10. April 1944 kam der Befehl „Adler", der zunächst nur den Rückzug bis Sewastopol bedeutete. In einem Zeitraum von drei Tagen musste die gesamte Armee quer durchs Gebirge die Strecke von 240 km zurücklegen, gefolgt vom Gegner, und bei Ankunft in Windeseile die neue Frontlinie errichten. Sewastopol wurde zur Festung erklärt, was für die Stadt und die Bevölkerung, wie immer in solchen Fällen, eine schwerwiegende Entscheidung war.

Im November 1943 war also vom Rückzug keine Rede und die deutschen Wochenschauen zeigten Bilder von Kertsch und Umgebung als sicheren Posten der Wehrmacht gegen den bolschewistischen Feind. Nicht offenbart wurde, dass dieser Feind mit 400 000 Soldaten, 6 000 Geschützen, 560 Panzern und Selbstfahrlafetten sowie 1 250 Flugzeugen bereitstand, um auf jeden Fall eine Evakuierung der 17. Armee zu verhindern.

4.3 Die Ereignisse vor Kertsch

Nach 18-tägiger Odyssee quer durch Polen und Russland meldet sich Lorenz am 10. Dezember 1943 in seiner Abteilung an.

Das Gelände ist hier bergig und dadurch recht unübersichtlich. Die Neuankömmlinge sind neugierig und wollen mehr sehen, als sie vom Bunker aus betrachten können. Da bis zur Abfahrt zur Batterie noch Zeit ist, steigen sie auf einen dieser Berge und erleben dort ihre Feuertaufe, ihren ersten Artilleriebeschuss. Blitzschnell gehen sie in Deckung und beobachten von dort aus, wie der Bunker, in dem sie sich bis dahin aufgehalten hatten, einen Volltreffer erhält. Gerade an der Front angekommen, erleben sie sprach- und fassungslos das Feuerwerk und sind glücklich noch am Leben zu sein.

Endlich erreichen sie am nächsten Tag die Batterie und stellen sich beim Messtruppen-Unteroffizier Wimmer vor. Der hatte schon lange auf Nachschub gewartet, denn fünf Tage zuvor gab es einen Überfall der Partisanen auf den Flakzug, dabei wurden alle 13 Männer erschossen.

Nun versuchen die Ankömmlinge sich in ihrer Stellung einzurichten, was aber in Anbetracht der Lage gar nicht so einfach ist. Bereits am 14. Dezember verschwinden aus der Stellung wieder drei Soldaten und bleiben vermisst – sie können nicht gefunden werden.

Zwei Tage später starten in den Vormittagsstunden die Russen mit fünf IL2 und 30 Jägern einen Angriff auf die

Stellung. Eine IL2 wird dabei von ihrer Flak abgeschossen. Die Angriffe gehen zwischen den Fronten hin und her, aber größere Einbrüche werden dabei auf beiden Seiten nicht erreicht.

Es ist Weihnachten und ihre erste „Bescherung" haben sie somit schon erhalten.

24.12.1943, Heiligabend

Heute Vormittag konnte ich mich herrlich waschen und rasieren. Um 18Uhr findet in dem von uns gebauten Bunker die Bescherung statt. Es ist ein herrlicher Anblick mit dem weiß gedeckten Tisch und den diversen Schnapsflaschen, Zigaretten, Pfeifentabak, Schokolade, Fruchtbrot und Drops. Dazu wird Glühwein und Bohnenkaffe in Mengen gereicht.

So feiern sie Heiligabend, so gut es eben an der Front möglich ist – genießen die schönen Stunden. Doch der erste Feiertag danach ist weniger wundervoll, denn mit schwerem Kopf und quälendem Durchfall schwindet jede Feststimmung schnell dahin. Ein Glück, dass das Wetter sich grau und neblig zeigt, so bleibt es an der Front wegen schlechter Sicht eher still. Die Zeit wird zum Briefeschreiben genutzt, wie immer an die Mutter, an Rektor Reuter aus dem Heimatort und an Resi. Erst am Abend des zweiten Feiertages wird wieder mit den Kameraden Dose und Lenz im Bunker gesungen, getrunken und auch Akkordeon gespielt. Es wird wieder ein schöner Abend, aber dieses Mal machen ihm Husten und Schnupfen zu schaffen.

Am nächsten Tag findet die Feiertagsidylle ein jähes Ende.

27.12.1943

Der Tag beginnt mit reger Feindtätigkeit. He (Heinkel) 111 fliegen Angriffe auf Kertsch. Am Nachmittag gibt es schwere Gegenangriffe der Russen und Luftkämpfe über unserem Gebiet.

28.12. 1943

Die Luftkämpfe werden mit der gleichen Verbissenheit fortgesetzt. Wir erhalten die Parole „Sturmgepäck fertig machen!". In aller Eile sprengen wir die Geschütze, um sie nicht den Russen zu überlassen. Dann heißt das Ziel Kolonka. Das Sprengen der Geschütze ist auf der anderen Seite der Front und bei den Partisanen nicht ungehört geblieben, deshalb gelten für den Marsch besondere Sicherheitsvorkehrungen.

29.12. 1943

Trotz der Vorsichtsmaßregeln gelingt es den Partisanen einen Obergefreiten zu erschießen. Sie haben überall in der Umgebung ihre Anhänger. Das Wetter ist kalt (-3°C) und klar und begünstigt die Flugtätigkeit. Beim Angriff einer He 111 wird eine Me (Messerschmidt) 109 abgeschossen. Ich muss zum Stellungswechsel abmarschieren.

31.12.1943

Das Wetter ist fast warm. Morgens Umzug in einen anderen Bunker ...

Sie sind in der neuen Stellung angekommen und beziehen einen neuen Bunker. Endlich können sie sich wieder waschen und rasieren und machen damit wieder Menschen aus sich. Sie empfinden es in solchen Momenten immer wie eine

Neugeburt. Die Zeremonie wird an diesem Silvestertag mit einem Glas Cognac der Marke „Avet Dreistern" abgeschlossen und versetzt alle in eine erhabene Stimmung.

Am Abend kommen die Kameraden Unger und Förster in den Bunker; es wird wieder erzählt, etwas getrunken, Briefe werden geschrieben und es wird gelesen. Um 21:30 Uhr muss Lorenz auf Posten und kann den Artilleriebeschuss auf die Küste und die Scheinwerferstellungen von Taman beobachten. Um Mitternacht wird daraus ein Neujahrsschießen. Wie Silvesterraketen steigt ringsherum Leuchtmunition in den Himmel auf und erleuchtet die Landschaft, zeichnet die Silhouetten der Berge ab.

31.12.1943
… Ein herrlicher Anblick! Die Küste bleibt in dieser Nacht ruhig. Um 1 Uhr komme ich mit einem schweren Schwips ins Bett und schlafe bis früh um 9 Uhr.

01.01.1944
Wir haben erst mal den Bunker gesäubert und Feuer gemacht.

In den nächsten Tagen bleibt die Lage relativ ruhig, denn nun haben die Russen ihr Fest. Am Tag gibt es aber trotzdem Flugbetrieb, begünstigt durch das schöne Wetter. Stukas und He 111 fliegen über Kertsch. In den Abendstunden wird gefeiert, getrunken und gespielt und Lorenz verbrennt sich dabei seine Jacke. Es war wohl doch etwas zu feuchtfröhlich dabei zugegangen.

Samstag, den 08.01.1944
Gestern wurde ich zum Gefreiten befördert und bekam von allen Seiten Glückwünsche und abends gab es eine

kleine Feier; leider ohne Akkordeon. Der ganze Bunker war voll. Als Unteroffizier Wimmer kam, musste ich meine erste Meldung als Gefreiter machen. Er ist in der letzten Zeit sehr freundlich zu mir. Auch der Hauptmann erschien zur Feier und wünschte mir: „Weiter so!" Ich wohne jetzt mit Obergefreiten Störmer und Gefreiten Graupner zusammen. Störmer bekommt oft Pakete von seiner Gisela, dabei verwöhnt sie ihn mit Kuchen, Pudding, Kakao und Plätzchen. Ihr Bild hat er, für jeden sichtbar, an der Wand aufgehängt. Der Tag heute ist verregnet und deshalb ruhig ohne Feindeinwirkung. Dafür erhalten wir Unterricht über Waffen, wie Handgranaten, Nebelgranaten, Tellerminen usw. Schreibe einen Brief nach Hause und bin verstimmt, weil ich immer noch keine Post erhalten habe.

Montag, den 10.01.1944

Auch der Sonntag ist ruhig geblieben. Dafür beginnt nun der neue Tag mit einem Trommelfeuer der Russen im größten Umfang. Alle befürchten die Landung des Gegners. Doch weitere Ereignisse bleiben aus. Am Mittwoch sucht die B-Stelle den Gefreiten Reisebauer. Gegen Abend wird er gefunden, tot. Die Beisetzung Reisebauers findet am Freitag in Gallin statt.

Donnerstag, den 13.01.1944

Wieder eine IL2 abgeschossen. Am Morgen müssen wir zeitig aufstehen, denn wir sollen nach Bagerow Munition holen. Als wir gegen Mittag auf dem Bahnhof beim Umladen der Munition sind, gibt es einen Angriff von IL2s. Sie werfen Bomben auf den Munitionszug und zwei Wagen fliegen dabei in die Luft. Nachdem sich die Lage beruhigt hat, geht es zur Abteilung, wo uns der

Koch alles gibt, was er zu Essen hat. Hatten den ganzen Morgen noch nicht gegessen.

Die nächsten Tage gehen im üblichen Frontablauf dahin, mit Arbeitsdienst, Wache stehen, Beschuss durch den Gegner, blinden Alarm und Gefechtsbereitschaft, weil die Partisanen aus Stariykarantin durchgebrochen sind. Abends wird Schnaps getrunken, erzählt oder Akkordeon gespielt. Immer wieder gibt es Fliegerangriffe von IL2s, es werden Bomben auf die Stellung abgeworfen.

Donnerstag, den 20.01.1944
Heute wurde um 5 Uhr geweckt, 6 Uhr war Antreten, denn Generalleutnant Pickert wollte kommen, um Auszeichnungen vorzunehmen. Er besuchte dann aber die 2. Batterie und verlieh dort das EK2 an Körner und Gattert. Die dritte Batterie (ihre) hat versagt!

Freitag, den 21.01.1944
Morgens um 7 Uhr musste ich mit Wachtmeistern Olsen, Wolkersch und Scholl zur neuen B-Stelle. Mit dem Pferdegespann geht die Fahrt über den gefrorenen Schnee. Die Pferde haben dabei ihre Schwierigkeiten und wollen nicht laufen. Ständig rutscht der Wagen hinten weg. Obwohl wir zwei Stunden unterwegs sind, gibt es keinen Artilleriebeschuss. Sobald wir Feindeinsicht haben, halten wir an und warten. Geht es bergauf, muss das Gepäck getragen werden, damit es die Pferde schaffen. So müssen wir viermal los und schleppen die gesamte Ausrüstung hoch. Der Wachtmeister hat sogar seinen Strohsack mitgenommen, vielleicht hat der eine besondere Füllung. Die B-Stelle hat einen sicheren, gemütlichen und warmen Bunker. Zum Heizen werden

wir allerhand Holz sägen müssen, denn Kohle gibt es nicht. Das Mittagessen wird von der Küche aus Datsch von der Infanterie geholt. Der Weg dahin geht gut ½ Stunde an Häusern und Gärten vorbei. Dann geht es eine kurze Strecke über freies Gelände, die schon oft und genau beschossen wurde. Unendliche viele Löcher im Gelände zeugen von den Einschlägen. Aber der Weg lohnt sich, denn die Verpflegung ist tadellos!

Am Tag müssen wir die Feindbewegung beobachten und Ziele wie Ari-Stellungen und Scheinwerfern ausmachen. Gemütlich ist das nicht, es gibt zwar eine Sitzgelegenheit, aber es zieht und gleich daneben ist ein Scheinwerferrohr.

Auf dem Berg sind seit einiger Zeit auch 80 Rumänen. Sie bauen sich ihre Unterstände, benutzen aber zum Teil auch die alten von der Infanterie. Die Rumänen sind gute Kameraden. Das Leben hier ist fast ruhig und ohne Zwang. Das einzige Risiko ist das Essenholen, dafür schmeckt es dann umso besser. Die Verständigung von hier zur Batterie erfolgt über das Telefon. Oft ist das Kabel durchgeschossen. Dann ist es unvermeidlich, die Stelle zu suchen, was häufig unter Ari-Feuer geschehen muss. Heute war den ganzen Nachmittag und Abend keine Verständigung möglich. Ein Trecker hatte, als er zu dem von unserer Batterie abgeschossenen Flugzeug, eine IL2, fahren wollte, die Leitung zerstört.

Wenn die Sicht schlecht ist, kann man außer Holzsägen für einen warmen Bunker nichts machen. Um 5 Uhr ist Wecken, um 15 Uhr Feierabend. Dann wird gelesen, geschrieben oder nach einer ausreichenden Abendmahlzeit geschlafen. Nachts sitzt immer einer 2 Stunden und 15 Minuten Posten. Vor die Tür stellen wir einen Balken, die MP hängt immer griffbereit. Meist beginnt dann die R5 ihr Tagewerk, setzt Leuchtkugeln und lässt ihre Bomben auf das kleinste Licht fallen.

Der vor einigen Tagen gefallene Schnee ist fast verschwunden, es ist Tauwetter. Wir wollen uns nun bald unsere Lederstiefel holen. Auch der Gesundheitszustand ist gut. Ich hatte vom Sani Tabletten gegen Halsschmerzen und Husten bekommen. Wir rauchen jetzt selbstgedrehte Salem! Es ist jetzt 19 Uhr. Ich werde mich schlafen legen, da ich zum Zeitvertreib nichts finden kann.

Morgen ist Sonntag. (22.1.1944)
Das Schlafen sollte nicht lange dauern. Um 22 Uhr erwache ich vom Klingeln des Telefons und vom größten Ari-Feuer des Russen .Überall kracht es. Mir zittern die Knie, es ist schrecklich. Auf der B-Stelle angekommen erkennen wir, dass der Russe dabei ist zu landen.

Im Hafen von Kertsch liegen einige Boote, die kaum zu erkennen sind. Von unserer Batterie wird Feuer auf den Hafen angefordert. Die Leuchtkugeln helfen bei der Orientierung in der Nacht. Aber unser Abwehrfeuer ist schwach. Nur einige 2 cm-Geschütze feuern auf die Boote.

Gegen 24 Uhr kommen laufend He 111 und werfen Rauchbomben. Unsere Artillerie schießt nun stärker und nimmt auch Ziele vor Kolonka unter Beschuss. Über uns aber ist es unheimlich. Zwei R5 fliegen über die Front und werfen Bomben und Leuchtkugeln. Dabei treffen die feindlichen Granaten unser Telefonkabel, so dass wir ohne Verständigung sind. Bis zum frühen Morgen ist über uns die Hölle los. Stalinorgeln streuen unsere gesamte Front mit ihrer Munition ab.

23.1.1944

Gegen Morgen tritt endlich etwas Ruhe ein. Aber mit dem Morgengrauen kommen dafür IL2`s und schießen mit ihren Bordwaffen auf alles, was sich bewegt.

Unsere B-Stelle liegt unter dauerndem Ari-Feuer. Man kann kaum vor die Tür gehen, denn laufend kommen die Flugzeuge. Kaum jemand ist bereit das Mittagessen zu holen, aber man muss trotzdem los. Oft muss ich auf Störungssuche zur Telefonleitung mitten ins Ari-Feuer hinein.

Vor allem der hintere Hang des Berges liegt dabei unter ständigen Beschuss, so dass Trichter neben Trichter entstanden ist. Am Morgen gehen wir zur Batterie um Post und Stiefel zu holen. Wir marschieren zu Fuß und sind froh von dort weg zu sein. Immer wieder sehen wir die IL2`s, wie sie den Berg unter Beschuss nehmen. In der Batterie ist auch der General Pickert. Wir hören ihn schon von Weitem schreien. Schnell nehmen wir unsere Post, ziehen andere Stiefel an und machen uns auf den Rückweg. Eigentlich wollen wir nicht, aber wir müssen!

Soeben sind wir wieder angekommen, zurück in der Hölle.

24.1.1944

Diese Nacht war so ruhig, dass es schon unheimlich war. Aber nun kommen die IL2`s wieder und sorgen für ständigen Beschuss. Ich musste heute das Essen aus der Küche holen, da erzählt ein Infanterist, dass der Russe bereits mit Panzern die Hauptstraße von Kertsch entlang kommt. In aller Eile bewegen wir uns zur B-Stelle zurück und machen alles zum Türmen fertig. Doch wir erhalten keinen Rückzugsbefehl, weil die Leitung schon wieder gestört ist. So muss ich nach dem Essen wieder auf Störungssuche.

Es fällt mir sehr schwer. Wir nehmen vorsichtshalber gleich die wichtigsten Sachen mit. Die Störstelle finden wir dann an der Eisenbahn bei Slobodaja.

Mitten in der Arbeit werden wir von IL2`s angegriffen. Wir suchen Schutz im Wassergraben und hören rings um uns die Geschosse einschlagen.

Ich bete. Dann sehen wir dieselben Maschinen zur B-Stelle fliegen. Beim Aufblicken ist der ganze Berg in Rauch gehüllt.

Wir ahnen nichts Gutes und eilen zur B-Stelle zurück. Bereits am Stacheldraht kommt uns Scholl entgegen mit Blut im Gesicht und die rechte Hand hält er gestützt. Taumelnd erzählt er uns: „Wir sind beide verwundet. Ich schlage mich zur Küche durch. Geht hinauf, dort ist Worm, der ist schwerer verwundet als ich." Ich renne hinauf und Volker mir nach. Dort lag er. Ein Rumäne hatte ihn schon verbunden. Wir geben ihm zu trinken und ich hole den alten Telefonapparat um eine Verbindung zur Batterie zu bekommen.

Erst mit zwei Störungshelfern von der Infanterie gelingt es endlich eine Verbindung zur Batterie herzustellen. Sie wollen sofort Ablösung und einen Wagen für den Abtransport schicken. Nach einer endlosen Zeit kommen sie endlich um 23.30 Uhr an, nachdem sie 16.30 Uhr losgefahren sind. Inzwischen hatten wir bereits Wachtmeister Worm auf ein Pferdekutschwerk der Rumänen geladen, dass zufällig da war, und zu einer ihrer Unterkünfte geschickt. So konnte Leutnant Müller ihn erst gegen 3 Uhr in einen Sanitätswagen laden, nachdem 12 Stunden seit der Verwundung vorübergegangen waren. Er wurde abtransportiert, wir aber mussten noch bis zum nächsten Abend auf der B-Stelle bleiben. Noch ein Tag, an dem man ständig glaubte, gleich würde der Russe kommen.

25.1.1944

Es ist der letzte Tag auf der B-Stelle. Zum Mittag kommen noch PK-Leute hoch und wollen Aufnahmen von Kertsch machen. Als wir den Wagen zum Abtransport mit den Schimmeln sehen, springen wir vor Freude, so groß ist die Erleichterung hier weg zu kommen.

Wir tragen unsere Sachen und Werkzeuge runter zum Wagen und gemeinsam mit den PK-Leuten ziehen wir ab. Am Stacheldraht angekommen, gibt uns zu guter Letzt eine IL2 mit ihren 2-cm-Geschossen noch den Abschied. Wir schmeißen uns lang hin, gehen in Deckung und dann filmt die PK noch ihren Abflug.

Wir rennen im Dauerlauf zurück zum Wagen, schmeißen die Sachen drauf und es geht weiter. Nach 10 km Fahrt hören wir die nächste IL2. Mit einem Satz flüchten wir alle in den Bunker, der zufällig in der Nähe ist.

Danach geht es wieder auf und weiter. Es ist wie eine Erlösung, als die B-Stelle immer weiter hinter uns bleibt und langsam in der Dunkelheit versinkt. Und es ist ein Wunder, dass wir überlebt haben! Ab und zu zeigen sich noch Leuchtkugeln und bescheinen kurz die Silhouette des Berges. Gegen 17 Uhr sind wir in der Batterie und können eine Nacht wachfrei schlafen.

Wieder haben sie das Glück auf ihrer Seite gehabt!

26.1.1944

Der Frontalltag kehrt zurück mit Klamotten Säubern, Rasieren und häuslich Einrichten. Am Abend gibt es wieder Fliegeralarm und Bombardierungen durch deutsche Stukas. Der Flugbetrieb dauert die ganze Nacht. Schreibe einen Brief an Mama.

27.1.1944

Heute bauen wir an einem Ari-Bunker für die Messstaffel. Doch die Arbeit geht nur langsam voran. Es sind zu viele große Steine im Gelände. In der Fluglagemeldung soll das Verhalten unserer Jäger am Feind beobachtet werden. Meistens gingen sie bisher türmen, wenn russische Flieger zu sehen waren. Am Abend setzt wieder rege Flugtätigkeit von He 111 ein. Dabei gibt es schwere Bombenabwürfe auf die russischen Stellungen. Briefe geschrieben an Mama und Gertrud.

28.1.1944

Der Arbeitsdienst am Bunker geht weiter bis zum schweren Ari-Beschuss. Die Treffer landen hauptsächlich auf der Straße. Beim Treffer auf einen Wagen bleiben 3 Pferde tot liegen. Der Fuhrmann hat einen Splitter im Oberschenkel. Ein weiterer Fuhrmann ist schwer verwundet. Wir haben 87 Einschläge gezählt, aber es gibt keinen Schaden in der Batterie.

Abends muss ich Posten in der Protze stehen bei Regenwetter. Unsere Artillerie feuert unentwegt zur anderen Frontseite. Unteroffizier Wimmer und der Schneider fahren in Urlaub. Am Abend entwerfen wir unseren neuen Bunker.

29.1.1944

Der Arbeitsdienst dauert heute bis zum Dunkelwerden. Ständig gibt es Anflüge von IL2`s. Deren Schüsse liegen zwar gut, aber etwas kurz, um zu treffen. Abends gibt es Marketenderware in großen Mengen. 1 Fl. Champagner und Cognac. 120 Zigaretten, Zigarren und Tabak, Honig, Konservenfrüchte, Schreibpapier. Die Flasche Sekt wird gleich getrunken. Bis 10 Uhr sitzen wir beim Sani im Bunker und reden und trinken. Der Major und der Hauptmann sind auch dabei. Darauf fliege ich mit Stiefeln ins Bett.

Sonntag, den 30. Januar 1944
Heute ist mein 22. Geburtstag. In der Frühe von 3-5 Uhr stehe ich mit Weber Posten. Dann gönne ich mir vormittags ein gutes Frühstück. Eier werden gebraten, Jagdwurst und Honig gegessen. Dazu benutzen wir Wachtmeister Königs Kocher. Nun sind wir vollkommen gesättigt. Vergebens habe ich noch auf Post gehofft. Am Montag gab es einen ganzen Sack, aber für mich war nichts dabei.

Mittwoch, den 2. Februar 1944
Die Nacht ist kalt, es regnet und schneit. Gegen Morgen wird Regen daraus. Die Erde ist vollkommen aufgeweicht. Um 7 Uhr heißt es Raustreten. Nach dem Abbauen des Motorenhäuschens ist Karabinerreinigen dran. Ich habe dann meinen Pullover geflickt so gut es ging und einige Knöpfe an mein Hemd genäht. Die Läuse vermehren sich unheimlich. Trotzdem ich noch in der Nacht allerhand gefangen und in das flüssige Wachs der „Stalinlampe" geschmissen habe, juckt es weiter. Man kann sich andauernd kratzen. Mein Buckel ist schon ganz ruiniert. Das „Ruslanpulver" versagt. Anscheinend, weil es feucht geworden ist. An der Front ist Ruhe. Flugzeuge können wegen dem Regenwetter nicht fliegen.

Unser Bunker: Auf einer Höhe, rund 7 km von der Küste bei Stariykarantin, ist unsere Flakstellung. Eine schwere Batterie mit fünf 8,8-cm-Geschützen 18 , einem Rohr-Gerät und zwei 2-cm-Geschützen. Seit Dezember 1943 liegt sie dort. Auf der Höhe, auf der auch das Rohr-Gerät steht, bietet sich ein freier Blick nach allen Seiten.

Im Osten sieht man die Straße von Kertsch, am Horizont die Halbinsel Taman, die in russischer Hand ist. In der „Straße von Kertsch" liegt noch die Insel Tusla, eine langgestreckte Insel mit einer hohen Steilküste. Auf ihr steht eine Scheinwerferabteilung der Russen, die des Abends ihr Licht über dem Wasser spielen lässt und unsere Küsten ableuchtet. Die ganze Gegend ist dann erhellt. Ein Schiff jedoch ist selten zu sehen.

Auch auf unserem Ufer stehen zwei Scheinwerfer, die Konkurrenten des Feindes. Weiter nach links erhebt sich ein Höhenzug mit dem Mitridat, einer Königsgrabstätte, weiter zurück liegt unsere B-Stelle. Am Fuße dieses Berges liegt Kertsch mit einem gut gelegenen Hafen. Hier beginnt die eigentliche Front. Sie zieht sich mitten durch Kertsch. Schaut man dort ins Hinterland, sieht man Kolonka, eine Stadt mit einer weit sichtbaren Fabrik. In ihr steht eine Artillerie-Abteilung, die uns öfters Grüße herüberschickt. Die meisten eingerichteten Batterien stehen jedoch viel weiter zurück, vor oder kurz hinter dem am Horizont sichtbaren Bergrücken. Vor Kolonka noch sieht man das Caplani, den Ausgangspunkt unserer ehemaligen, nach dem Kuban führenden, Drahtseilbahnen. Sie, sowie die Fabrik, hatte ich schon vorher in der Wochenschau gesehen.

Geht man weiter nach links, so sieht man nur einige kleine Ortschaften. Hier zieht unsere Front weiter vor und macht eine Kurve gen Osten. Hinter dem Horizont ist dann unsichtbar für den Beobachter das Faule, das Asowsche Meer.

Noch weiter nach links kommt unser Hinterland. Ebenfalls, versteckt durch Berge, von hier aus nicht zu sehen, die Stadt Bangerow, die Endstation der Eisenbahn und Sitz unseres Regiments. Von dort kommt der Nachschub, so wie sich dort auch das Verpflegungslager und der Hauptverbandsplatz befinden. Die nächste Station ist Sallin, dort wird die Munition verladen und abgeholt, da in Bangerow zu oft Angriffe durch IL2`s sind. Das ist im Großen die Umgebung.

Die Batterie selbst besteht aus rund 120 Mann. Der Tross liegt rückwärts. Oft ist ein neuer Batterie-Chef da. … Nach ihm kam Hauptmann Bohlen. Auch ein Batteriechef. Musste bei der EK-Verteilung Aufnahmen machen. Seit einer Woche haben wir den Hauptmann von Ettlingen. Hauptmann Bolla ist wieder zurück zu seiner alten Batterie, die in Feodosiya liegt. V. Ettlingen macht jeden auf seine eigene, ruhige und ironische Art fertig.

Die Geschütze liegen hinter einem Hang, während die B1 längs ihres Rohr-Geschützes ihre Unterkünfte gebaut hat. Der General Pickert meinte bei seinem Besuch, es wäre eine Laubenkolonie von Wochenendhäusern.

Als ich am 11. Dezember mit noch einigen Kameraden hier ankam, wohnten wir zuerst im Finnenzelt. Später dann gingen wir daran, uns einen eigenen Bunker zu bauen. Dieser ist bisher immer noch der größte, aber mit seinen 6 Bewohnern jetzt wohl der engste. In den anderen Bunkerchen wohnen 2 bis 3 Mann.

Als dann die Flugabwehrstaffel aufgestellt wurde, kam ich als E-Messmann an das Gerät und da der Bunker für die Flugmelder gedacht war, musste ich ausziehen und zog in den jetzigen, der damals ganz leer stand. Er ist der letzte in der Reihe und ein richtiger Würfel, zu dem von allen Seiten Erde geworfen ist, trotzdem aber noch bis zur Hälfte aus dem Boden ragt. Die Tür ist 1 x ½ m groß. Das bedingt, dass man beim Ein- und Aussteigen seine Mühe und Not hat. Wachfertig ist es eine Qual. Dazu kommt noch, dass man immer fast einen Meter frei wieder hinein muss.

Diese Tür hat für die einstmals vorgesehene Fensterscheibe noch immer nur ein rechteckiges Loch, denn, trotz mehrerer Versuche, gingen schon 2 Scheiben kaputt. Eine dritte war noch nicht aufzutreiben. Dafür hängt jetzt ein Vorhang, der aber nur am Abend seinen Zweck erfüllt, am Tage aber bei der großen Kälte offenbleiben muss, um das spärliche Licht hereinzulassen. Um die Tür herum sind breite Ritzen, die vorzüglich für frische Luft sorgen, der gesuchten Wärme aber freien Austritt gestatten. Diese Ritzen wurden immer wieder zugemacht, kamen jedoch nach gewisser Zeit immer wieder. Wir haben uns nun damit abgefunden.

An der linken Seite von der Tür sind 2 Betten übereinander angebracht. Am Fußende sind einige Fächer für die Rucksäcke. Rechtwinklig daneben ist mein Bett, bestehend aus einer alten Matratze, bei der schon einige Verspannungen gerissen sind, so dass der Strohsack ziemlich tief durchhängt. Erst nach einem Eingriff von mir geht es und das Bett ist nun einigermaßen. Leider ist es etwas kurz und ausstrecken kann ich mich nur, wenn ich Kamerad Störmer die Füße ins Gesicht halte. Nicht angenehm für ihn.

Vor meinem Bett steht ein zierlicher, aber gut erhaltener Tisch. Unter ihm ist eine Kohlenkiste angebracht, die mir gleichzeitig als Fußbank dient. In der letzten Ecke schließlich steht unser Ofen. Ein kleiner, niedlicher, der aber bei richtiger Feuerung genügend wärmt. Über ihn angebracht, hängt unser Kochgeschirr an Nägeln. Die Wand ist mit Glasstoff behängt, so dass es im ersten Augenblick richtig feierlich wirkt. Die Wand über dem Ofen ist in der Nähe des Rohres allerdings vollkommen schwarz. Die Bretter haben dort schon einige Male gebrannt. Unter den Betten stehen noch rings herum Stiefel. Gummi-, Filz- und Lederstiefel. Zwischen ihnen ewig Schnaps- oder Cognacflaschen. Meistens sind sie voll.

Donnerstag, den 3. Februar 1944
Es ist Regenwetter. Zweimal haben wir schon versucht zu arbeiten. Geben es nun auf und gehen in den Bunker zurück. Wir werden lesen, schreiben und uns langweilen.

Freitag, den 4.2.1944
Arbeitsdienst. Nichts Besonderes.

Sonnabend, den 5.2.1944
Heute ist wieder Arbeitsdienst, aber es wird fast nur erzählt. Am Abend erhalte ich Bescheid, dass ich nach Alexandrowka muss.

Sonntag, den 6.2.1944
Wir werden um 5 Uhr geweckt. Dann heißt es Abmarsch nach Alexandrowka mit noch 8 Mann und Unteroffizier Schuster zur Entlausung. Die Anlage ist

primitiv, aber wir können uns seit langer Zeit mal wieder richtig brausen. Die Klamotten sind anschließend nass. Der Marsch über das weite Feld ist anstrengend, weil der Dreck an den Schuhen hängenbleibt. Das Beste des Tages ist die Post. Ein Paket von den Großeltern. Stollen. 1 Päckchen von G. Klinges mit Zigaretten. 1 Päckchen von Mama mit Kuchen und Kaffeebohnen. 1 Brief von Resi Junge.1 Brief von W. Fischer. 1 Brief von Grüning und 1 Brief von den Großeltern.

Montag, den 7.2.1944
Am Vormittag werde ich 3x als Flugmelder eingesetzt. Anschließend habe ich Zeit um Post zu beantworten. Nachmittags wird van Lenzen durch Lagg. verwundet. Er erhält einen Steckschuss.

Dienstag, den 8.2.1944
Hatte wieder Zeit, um Briefe zu schreiben. Am Tage habe ich wieder Flugmeldedienst. Abend konnte ich einen Brief an Resi Junge beantworten, die mir einen 6 Seiten langen Luftpostbrief (vom 27.12.) geschrieben hatte.

Mittwoch, den 9.2.1944
Heute beim Arbeitsdienst wurde fast nur erzählt. Die Abendkost war so gut, dass ich mich danach kaum noch bewegen konnte. Da half dann ein Verpflegungsschnaps. Zwei Briefe von G. K. und Onkel Stermann vom 5.1. und vom 3.1.44 gerade beantwortet. Erster Nachtposten von 5-7 Uhr.

Donnerstag, den 10.2.1944

Arbeitsdienst. Fliegeralarm IL2. Nicht geschossen. Brief an Mama, Grete. Wachfrei.

Freitag, den 11. Februar 1944

Schlechtes Wetter: Regen. Bis 9.30 Uhr Putz- und Flickstunde. Strümpfe gestopft, Karabiner gereinigt. Raustreten zum Arbeiten. Holz war gekommen. Die Front ist ruhig. Ab und zu ein Schuss. Gegen Abend bessert sich das Wetter. Gearbeitet bis Sonnenuntergang.

Sonnabend, den 12.2.1944

Arbeitsdienst. Gegen 9 Uhr kamen Stukas. Ein Blindgänger ging in unsere Flak nieder. Mittags einen Brief an Mama geschrieben.

Sonntag, den 13.2.1944

An diesem Vormittag dauerte der Arbeitsdienst bis 11 Uhr, danach wusch ich unser Kochgeschirr aus. Anschließend konnte auch ich mich erneuern mit Rasieren und Waschen. Danach gelesen, Schach gespielt.

Das Essen war schon recht früh in der Stellung, dazu 3 Säcke mit Post. Ich habe 7 Briefe erhalten. Abends ist nun Zeit zum Briefe Lesen. Auch Illustrierte und Zeitungen sind dabei. Anschließend werde ich die Briefe gleich beantworten.

Dienstag, den 15.2.1944

Der langersehnte Feierabend ist wieder gekommen. Der Bunker macht Fortschritte. Abends gab es 1 Tafel Schokolade, Bonbon, Weihnachtsgebäck, Ölsardinen, Zigaretten (55 Salem) und Post. 19 Briefe! Grüning schrieb mir vom Streit zwischen Mama und den Großeltern.

Post beantwortet. An R. Wisse die Meinung über die Streiterei geschrieben.

Freitag, 18.2.1944

Unaufhörlicher Regen. Im Bunker kommt es überall durch. Vergeblich versuche ich alle Post zu beantworten. Zwischen Mama und den Großeltern herrscht wieder Einigkeit vom 3.2.44. Haben dann 2 Partien Schach gespielt. Um 11 Uhr zog ich auf Posten.

Sonntag, den 20.2.1944

Etwas Schnee war gefallen. Der Wind blies ihn noch immer vor sich her. Da mussten wir raus und an unserem Ari-Bunker weiterarbeiten. Haben einige Schwellen noch aufgelegt und dann Erde drauf geschippt. 11.30 Uhr war Geschütz- und Geräteexerzieren. Nachmittags Handwaffenappelle. Mittags habe ich Fisch gebraten. Er geriet mir tadellos, war nur etwas zu salzig. Am Abend Posten von 7 bis 9 Uhr. Anschließend Brief von Resi beantwortet.

Dienstag, 22.2.1944

Ab Vormittag fängt es zu schneien an. Abends können wir nicht mehr vor die Tür.

Mittwoch, den 23.2.1944

Wegen der starken Schneeverwehungen haben wir keinen Dienst. Der ganze Bunker war zugeschneit. Der Posten musste fast 2 Stunden schaufeln, um den Bunker frei zu bekommen. Man konnte nicht mehr austreten gehen. Nach 3 Tagen fing es zu tauen an. Das Wasser lief in den Splittergraben und in die Geschützstellung. Alles war überschwemmt. Dazwischen schoss die russ. Ari. Inzwischen ist der Bunker fertig zum Einzug.

Wir wohnen jetzt mit 9 Mann zusammen. Es ist immer Hallo. Für den nächsten Bunker mussten Bretter geholt werden aus Karmisch und Kertsch. In Kertsch beschoss uns die Ari, als wir beim Kohlen Schaufeln waren. An der Front ist wenig Betrieb.

Sonnabend, der 4.3.1944

Die Stellung musste von all den umherliegenden Brettern heute aufgeräumt werden. Dann fertigten wir einen Kasten für den Verteiler an. Abends Brief an Mama mit der Bestätigung des Erhalts von 2 Paketen vom 29.1.44 und der Briefe vom 14.2.44 geschrieben. Am Freitag habe ich die Zündapparate der Lagg und der IL2 ausgebaut und Zündspule und den Anker abmontiert. Am Donnerstag bekam ich Briefe von Irma, von S. Stutzer, S. Klingst und Mama. Alle beklagen sich über mein weniges Schreiben. Bringe es auch heute nicht fertig an sie Briefe zu schreiben. Sie werden sicher schlecht von mir denken.

Sonntag, der 5.3.1944

Endlich wieder einmal Freizeit, um an sich selber denken zu können. Räume jetzt meine Post auf.

Montag, der 6.3.1944

Briefe von Mama; sie haben die Marken von mir und die Bestätigung vom Empfang der Päckchen erhalten. Es geht ihnen gut. Dort liegt viel Schnee. Horst läuft Schneeschuhe. Willi F. war bei Mama. Heinz Schneider ebenfalls. Ich soll Großvater doch Schnaps mitgeben. Der Brief war vom 23.2.44. Brief von Willi Fischer.

Schrieb von Fliegerangriffen der Amerikaner und gratulierte zu meiner Beförderung. Am Abend habe ich Willis Brief beantwortet. Zwei Seiten Feldpost. An Fritz Holzhausen aus Westerhausen und auch an Onkel Heini geschrieben.

Mittwoch, den 8.3.1944

Heute Post von Grete Klump erhalten.

Der Bunker von König ist fast fertig. Nachmittags schoss der Feind einige Grüße herüber. Täglich Arbeitsdienst.

Sonntag, der 12.3.1944

Freier Nachmittag, 5 Briefe beantwortet. In der Nacht zum Sonntag kam Unteroffizier Schuster als U.v.D. und wollte mich des Wachvergehens beschuldigen, weil ich meinen Karabiner nur neben mir hatte. Aber meine Hand hat den Karabiner durchaus berührt. Heute Abend soll ich zweimal Posten stehen. Unteroffizier Erdmann machte mir sehr erfreut diese Mitteilung.

Als ich darauf nachfragte, von wem das käme, meinte er, ob ich mich beschweren wollte. Ich antwortete: „Das müsse ich mir erst überlegen." Am Abend fährt Gefreiter Unger, der mit mir zur Batterie kam, auf Urlaub. Gebe ihm ein Paket mit Teilen einer IL2 und einige Briefe mit.

Mittwoch, den 15.3.1944

Arbeitsdienst. Frühlingswetter. Warm, Sonnenschein. Zum Mittag kommt die Nachricht, dass General Pickert am Donnerstag in die Stellung kommt. Das bedeutet Aufräumungsarbeiten und den Umbau der B2. Abends antreten. Leutnant v. Ettlingen gibt Anweisungen und

Ratschläge für den Besuch. Nachmittags kriege ich viermal Post.

Freitag, 17.3.1944

Weil der General Pickert gestern nicht kam, wird er für heute erwartet. Er soll aber in den nördlichen Teil der Front gefahren sein. Bis zum Abend wartet die Batterie. Wir halten uns bei Geschütz „Friedrich" im Bunker auf.

Die meiste Zeit wird geschlafen, sämtliche Betten sind belegt. Die restlichen lösten Rätsel oder spielten Skat. Zwischendurch lese ich das Buch „Menschen und Mächte" zu Ende. Auch wird gesungen. Vor allem das Lied „Wir fahren um die Welt". Unteroffizier Erdmann vergisst die Melodie immer wieder, versucht aber trotzdem mit seiner ungewöhnlich unbegabten Stimme zu singen.

Doch der General kommt wieder nicht. Am Abend gehen wir zu unserem Bunker zurück. Dort ist nun froher Feierabend. Die Kameraden singen, vor allem Störmer und Engelbert. Börner will immer mehr hören, um seiner Silvia zu schreiben, von wegen der tollen Stimmung an der Front. Dabei werden Luftpostmarken gegen Wachestehen gehandelt. Ich habe wachfrei.

Nach dem mageren Abendessen, Makkaroni und Gulasch, muss ich noch einige Brote verzehren, um satt zu werden. Danach setzte ich meine Pfeife in Brand und beginne zu schreiben.

Dann schneit es; ein wahrer Schneesturm tobt draußen. Die Posten sehen aus wie Schneemänner. Ich bin glücklich, wachfrei zu haben.

Sonnabend, den 18.3.1944

Morgens 6 Uhr ist wecken. Das Schneetreiben hat nachgelassen. Der General ist angemeldet. Nach kurzem Gerätreinigen kommt der General. Der Leutnant v. Ettlingen läuft wie wild durch die Stellung. Nachdem der General in der vorgesehenen Reihenfolge durch die 2-cm-Stellung zur B1 durch alle Geschütze gegangen war, kommt er zur B2. Wachtmeister König meldet. Der General fragt ihn nach Gebrauchtstufen. König weiß sie nicht aus dem Kopf und ist schwer geknickt. „E1 zu mir", sagt der General und meint mich. Er will die vermessenen Stauziele hören. Dazu muss ich das E-Messheft holen. Der General stellt fest, dass ungenügend E-Messausbildung stattfindet. Danach verlässt er die Stellung zusammen mit dem Leutnant. Der kommt erst spät wieder zurück. Auch geknickt und auf seinem Mantel fehlen die Schulterstücke. Es war eine Pleite.

Danach gehen wir zum Bunker und frühstücken. Nachmittags gibt es zum ersten Mal Flugzeugerkennungsdienst. Anschließend Arbeitsdienst. Am Abend einen Brief an Ilse Pf. geschrieben.

Sonntag, den 26.3.1944

Post von Resi, Karte von Tante Anna, Großvaters Geburtstag. Trübes Wetter, wenig Dienst. Nachmittags frei, kein Flugbetrieb. Nachmittags gelesen, Briefe geschrieben. 2 Pakete von den Großeltern mit Speck und Feldflasche, Wurst, Feuerzeug.

Montag, den 27. März 1944

Stubendienst. Den ganzen Tag dienstfrei. Sachen in Ordnung gebracht. Stiefel geputzt, gewaschen, rasiert,

Strümpfe zum Stopfen fertig gemacht. 2 Päckchen an Großvater mit Schnaps und Mama mit Spulendraht.

Freitag, den 31.3.44

In der Nacht zum 1. April wurde Unteroffizier. R. Müller in den April geschickt, indem man ihn anrief: in der Protze sei eingebrochen und die ganze Munition gestohlen. Danach machte er sich stracks auf den Weg und sah erst dort angekommen, dass man ihn zum Narren gehalten hatte. Aus Rache schickte er Unteroffizier Starkemeier zum Wachtmeister König: er soll ein Stoßtrupp losschicken. Der Iwan sei durchgebrochen. Als König dann befehlsmäßig oben war und merkte, dass man ihn verulken wollte, warf er Unteroffizier Krommüller Schimpfwörter an den Kopf und verstopfte vor Wut anschließend das Ofenrohr mit Lehm.

Morgens reiten Obergefreiter Blum und Gefreiter Weber als Ablösung zur B-Stelle mit ihrem gesamten Gepäck. Weber ohne Steigbügel. Er rutscht dauernd hin und her, um das Gleichgewicht zu halten. Vor ihrem Abmarsch machte Krug noch eine Aufnahme. Wir anderen mussten Flugmelder stehen, weil die Flugmelder zu Entlausung waren. Zwischendurch schippten wir massig Kies auf den Bunker, bei dem sich die Balken schon sehr stark durchbiegen.

In letzter Zeit habe ich oft Schach gespielt. Träume nachts schon davon. Post kommt jetzt selten. Laut Gerücht sind die Päckchen Richtung Heimatfront gesperrt.

Dienstag, den 4.4.1944

Gestern war endlich unser Kdo-Gerät wieder gekommen. Bis zum Abend war es in der Stellung. Heute Morgen schoss der Russe, während wir beim Reinigen waren, mit Verzögerung in die Stellung. In der Nacht fiel etwas Schnee.

Zum Mittagsappell erfahren wir Neues über LSPA-Wien. Es können einmalig Pakete bis 30 Pfund abgeschickt werden. Der Flugverkehr geht jetzt von Constanza aus, nicht mehr von Odessa. Am Sonntag hatte es Marketenderware gegeben. Für Grete Klinges habe ich ein Päckchen fertig gemacht mit Seife, Zahnpaste und Creme. Heute kam Obergefreiter Titel aus dem Lazarett zurück. Er hatte einen ganzen Berg Briefe zu lesen. Schicke Großvater heute eine Stange Priem.

Mittwoch, den 5.4.1944

Am Nachmittag machte der Iwan einen Angriff, der bis zum späten Abend hinein dauerte. Mit schwerem Ari-Feuer belegte er unsere Batterien. Wieder schoss er mit den unheimlichen Stalinorgeln. Überall gingen Leuchtkugeln hoch. Doch ohne Erfolg musste der Iwan den Angriff einstellen.

4.4 Der Rückzug nach Sewastopol

„Die Wintermonate 1943/44 verliefen, mit Ausnahme bei Kertsch, wo weiterhin erbittert um den kleinen Landekopf gerungen wurde, verhältnismäßig ruhig. ... Dann begann sich die Gesamtlage an der Ostfront weiterhin zu verschlechtern. Ab Mitte März musste von deutscher Seite die untere Dnjepr-Verteidigung aufgegeben werden. ... Am 10. April fielen auch Stadt und Hafen von Odessa, bisher die wichtigste Nachschubbasis und Versorgungshafen für die 17. Armee, wieder in russische Hand. ... Jetzt gingen die

Sowjets daran, die deutsche Krimarmee zu „liquidieren", wie es in ihrem Sprachgebrauch hieß. ... Bei Kertsch stand die Küstenarmee unter Armeegeneral Jeremenko mit 11 Schützendivisionen und 1 Panzerbrigade zu 100 Panzern angriffsbereit, unterstützt jeweils von der 8. bzw. 4. Luftarmee mit etwa 2 000 Flugzeugen. ... Am 8. April ging es dann tatsächlich los. ..."

Auszug aus dem Buch „Ostfront 1944"
von Alex Buchner, Seiten 102-103.

Ostermontag, den 10. April 1944
Plötzlich erfolgte um 11 Uhr überraschend wieder ein Stellungswechsel. Es sollten Fahrzeuge kommen. Abends um 19.00 Uhr sprengten wir 3 Geschütze und das neue Kdo.-Gerät. Dann geht es zu Fuß ab.

Nach einer Stunde kommen LKWs. Die Posten werfen Leuchtkugeln und beschießen Rieckmessel. Morgens kommen wir ohne besondere Vorfälle in Feodosiya an. Dort waren die Luftabwehrgeschütze. Über Staryi Krym geht es weiter nach Simferopol. Dort riecht die ganze Stadt nach Wein. In Eimern holen die Russen ihn aus dem zerbombten Weingut.

Nachdem wir die Nacht im Divisionsstab geschlafen haben, fahren wir weiter nach Sewastopol. Während der Fahrt treffen wir auf umgekippte und brennende Wagen, Verwundete.

Nach kurzem Warten werden unsere 3 Kanonen zum Panzerbeschuss, die 2,2-cm zum Luftzielbeschuss, eingesetzt.

Es ist heute der 20. April 1944
Seit dem 10.4. bin ich kaum dazu gekommen einzuschreiben. Hatte ich Zeit, fehlte die Lust, oder

umgekehrt. Heute ist, wie schon seit dem 10. April, ein sonniges Wetter mit wolkenlosem, blauem Himmel. Doch schwitzt man kaum, weil immer ein kühler Seewind über Sewastopol streicht. Ich sitze in der Protze bei 3/257 vor dem Bunker. Der Koch bereitet ein fürstliches Gulasch zu. Die Schreibstube nimmt unsere Personalien auf.

„Noch immer wäre ein geordneter Abtransport der gesamten 17. Armee von Sewastopol aus möglich gewesen. … Der Armeeführung war es gelungen, die Trümmer beider Korps im Festungsbereich aufzufangen, neu mit allen möglichen Soldaten, Männern vom Tross, Luftwaffen- und Marineangehörigen zu gliedern, zu verstärken und zu gemeinsamer Verteidigung einzusetzen. … Die stärkste Feuerkraft bildet nach wie vor die 9. Flakdivision, die noch über 300 leichte und schwere Geschütze zurückgebracht hatte. … der Befehl der Armeeführung vom 16.4.44 lautete: ‚In der Verteidigung der Festung Sewastopol gibt es keinen Schritt zurück!'.“

A. Buchner, „Ostfront 1944", Seite111

Die Lage:
Wir befinden uns gegenüber von Sewastopol, 200 m vom Ufer entfernt, eigentlich nördlich von Sewastopol. In der 1. Auffangstellung, 20 km von hier, verläuft die Hauptkampflinie.

Schwere Batterien des Feindes beschießen hier den Hafen und die Umgebung. Der Flugbetrieb ist stark. Dauernd greifen Schlachtfliegerverbände vom Typ Il-2 an. Oft sieht man Fallschirme in der Luft.

Die Flak legt ein starkes Feuer, doch kaum geschieht etwas Sichtbares. Dauernd laufen kleine

Einheiten aus dem Hafen in Richtung Constanza aus. Man sieht sie voller Soldaten. **Es erweckt immer Sehnsucht auch dabei zu sein.** Der Flugverkehr, der in den ersten Tagen sehr stark war und hauptsächlich Rumänen und Kranke beförderte, hat sehr nachgelassen.

Unsere Batterie baut Flöße im Hafen zum späteren Übersetzen. Die Front jedoch steht. Nebelwerfer und Artillerie zerschlagen alle Angriffe des Feindes.

Die Versorgung ist immer noch gut, auch zu Rauchen haben wir. Konserven konnten wir organisieren, Zigaretten lagen auf der Straße. Auch Bekleidung konnte man überall finden.

Millionenwerte wurden vernichtet, Kdo-Geräte und Geschütze mussten gesprengt werden. Doch es gab bei der Division und beim Flak-Auffangstab wieder genügend Ersatz.

Wir (unsere alte Besetzung) bekamen ein Kdo-Gerät mit allem Zubehör und wurden zu dieser Abteilung geschickt. Hier hat man keine Verwendung für uns. Unser M3-KW steht hier und wir sitzen daneben.

Fahren ab und zu Munition und Holz, um etwas zu tun. Ein Tagesbefehl des General Pickert lautet, dass derjenige, der einen Panzer vernichtet, sofort 3 Wochen Urlaub bekommt und sofort aufs Festland gebracht wird. Es darf nicht ein Schritt zurückgegangen werden. Der Raum reicht aber gerade zur Verteidigung. Wer zurück geht, kann erschossen werden. (An dieser Stelle ist die Handschrift deutlich zittrig!) Am Abend kam das Gerücht, dass es in 3 bis 4 Tagen losgeht zur Neuaufstellung.

Die Lage ist ernst für die deutsche Armee und damit für die Männer an der Front.

Nun blitzen zwischen der nüchternen Beschreibung der Lage plötzlich doch Gefühle durch, zeigen wie sehr er von dort weg will, wie ernst auch Lorenz die Situation einschätzt. Aber er bleibt vorsichtig, lässt Emotionen kaum zu, will die Ereignisse nicht zu sehr an ihn ranlassen.

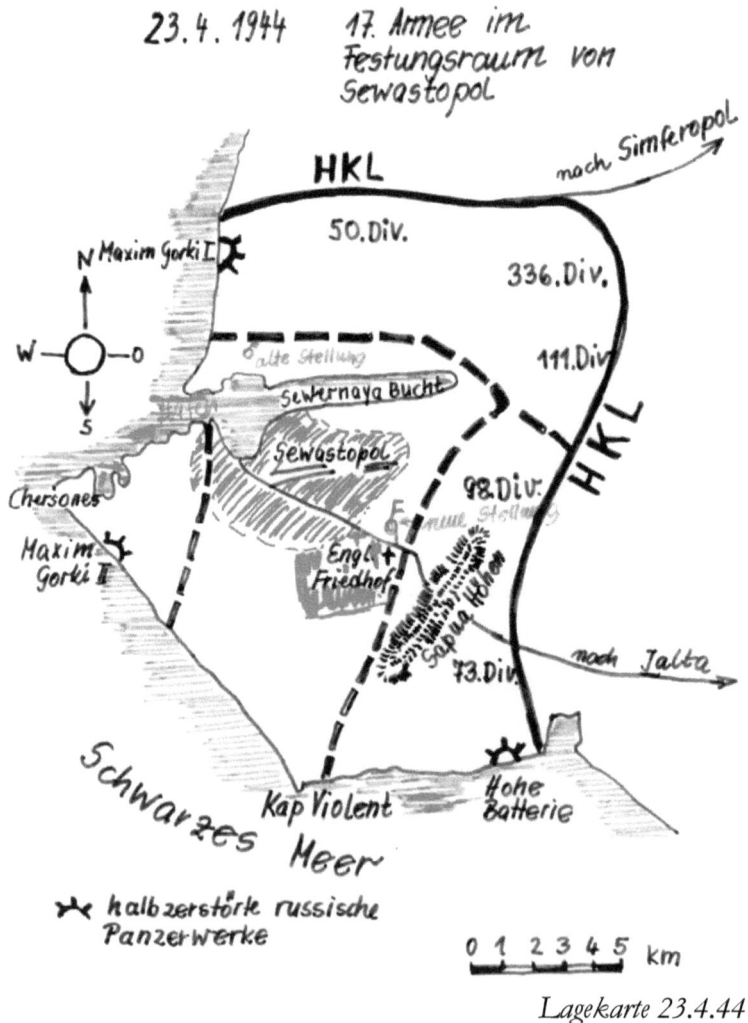

Lagekarte 23.4.44

Sonntag, der 23.4.44

Komme gerade von der Protze zur Feuerstellung zurück. Heute Morgen griff der Feind mit starkem Ari-Feuer an. Habe an Mama einen Brief geschrieben. Unsere Feldpostnummer wurde zum Postempfang aufgeschrieben. Die Stellung bot eine Aussicht auf das Schwarze Meer. Dauernd verkehren die Fährprämen, brachten Verwundete und Soldaten nach Constanza. Mit Wehmut sehe ich sie abfahren.

Ab und zu schoss der Feind gut liegende Schüsse in die B1. Ein Unteroffizier und ein Waffenwart wurden verwundet. Ich hatte mich gut mit ihnen verstanden und viel mit ihnen über Probleme der Elektrotechnik geredet. Er hatte überall Splitter, doch nicht lebensgefährlich. Ich machte dort wieder E1.

In der Nacht zum Freitag, den 28.4.44, gab es wieder einen Stellungswechsel. Er kam nicht unerwartet, denn es war vorher durchgesickert. Unsere Lage auf der Landzunge war auch ungünstig, denn im Falle eines Feinddurchbruches war hinter uns nur das Wasser. Um aber die Möglichkeit des Entkommens zu haben, hatte der Spieß einige Polizeiboote organisiert und mit Motor versehen lassen, sogar einen Opel-Blitz-Motor. Das Boot fasste ca. 60 Mann. Die anderen 2 hatten noch keinen Motor.

Am Nachmittag hatte die Protze Stellungswechsel gemacht. Bei uns ging alles reibungslos vonstatten, bis auf einen Wagen, dessen Bremsen nicht in Ordnung waren. Beim Fahren über eine steile Straße konnte er den Gang nicht hereinbekommen. Der Wagen fuhr rückwärts an die Böschung und kippte um. Mit ihm die gesamte geladene 8,8-er-Munition. Dabei geriet ein Mann unter die Ladung. Doch er hatte viel Glück, denn er hatte anscheinend nur einen Armbruch und damit die Aussicht nach Constanza gebracht zu werden.

Morgens um 8 Uhr waren wir in der neuen Stellung, um 9.30 Uhr waren wir feuerbereit. Die Stellung war etwas ausgebaut. Am Mittag schlugen wir Zelte auf und wohnten rund 4 Tage darin. Nach 4 Tagen hatten wir einen Wohnbunker und soweit war alles in Ordnung. Gestern bauten wir bis zum späten Abend an unserem Stand. Dafür steht uns heute und morgen ein dienstfreier Tag bevor.

„Da sich der Feind zunehmend und rasch verstärkt, …und mit einem Überrennen der deutschen Front gerechnet werden muss, entschließt sich Generaloberst Jaennecke zu einem ungewöhnlichen Schritt. Am 28. April fliegt er persönlich ins Führerhauptquartier, um eine endgültige und schnelle Räumung zu erreichen. Doch trotz aller eindringlichen Vorstellungen bleibt … Hitler unerbittlich. Sein Zorn ist schließlich so groß, dass er Jaennecke als Oberbefehlshaber der Armee absetzt. …."

A. Buchner, „Ostfront 1944", Seite 115

Freitag, den 5. Mai 1944

Morgens war wecken, wie es jedem passte. Jeder konnte einmal so lange schlafen, wie ihm beliebte. Als ich mit noch 4 weiteren Kameraden aufstand, war das Brot alle und bei der Büchse Marmelade war gerade noch der Boden bedeckt, so dass ich jetzt bis zum Mittag einen elenden Kohldampf schieben muss. Um 8 Uhr fing der Feind an zu trommeln, stundenlang und Schlag auf Schlag. Gegen 10 Uhr erschienen IL2 über unserem

Wirkungsbereich. Wir schossen auch ein unheimliches Schnellfeuer, wie auch schon am Abend zuvor. Die K3 hatte ihre Arbeit. Sogar die 2 ...mussten Munition tragen. Das Wetter ist wieder prima. Blauer Himmel und wohlige Wärme.

Ein prima Mensch ist unser noch junger Wachtmeister Rensch. Er verliert nie den Humor und sagt keinem ein böses Wort.

Auch die Offiziere sind in Ordnung, jedoch sind sie oft recht rücksichtslos. Die Chefs sind Oberleutnant Phillipp und der Gefreite Fritsch. Das Essen ist gut. Seit gestern gibt es allerdings wieder 1/3 Brot. An Zigaretten ist kein Mangel. Unberührt steht da noch immer ein ganzer Kasten voll mit Tabak. Leider kann man nichts mehr schicken.

Zum Stellungsausbau hatten wir eine Menge Russen, zum Teil aus Lagern geholt, zum Teil aus den Häusern oder von der Straße. Auch Frauen, die unsere Wäsche in Ordnung brachten. Sie schreckte weder das Wetter, noch das Essen.

Oft bekamen sie nichts. Dann suchten sie die Reste verschimmelten Brotes zusammen und waren noch dankbar dafür. Einige jedoch machen düstere Minen. Ich gab ihnen allerhand Zigaretten und unterhielt mich mit ihnen, soweit wir uns verstehen konnten. Ein Russe kommt immer noch täglich freiwillig in die Stellung und fragt: „Nix Rabota?"

Gestern war ich zur Entlausung, wie der größte Teil der Batterie. Wir wurden mit dem LKW hingefahren. Die Entlausung ist großartig eingerichtet. Es werden gleichzeitig fast 50 Mann abgefertigt. Man kann mehrmals bis zur Erschöpfung brausen. Auch was baden anbetrifft, können wir zufrieden sein. Der Spieß hat ein Bad in der Protze eingerichtet mit 10 Wannen, ganz komfortabel. Unsere neue Stellung liegt direkt neben einem Friedhof. Im Friedhof sind sämtliche Gräber und Grüften als Unterkünfte eingerichtet. Aus Gräbern dringt Musik und Lachen. Der Friedhof ist noch gut erhalten. Schlanke Bäume säumen den Weg. Statuen stehen auf den Grüften und überall Engel. Auch Kreuze und eine Kirche inmitten von allem, in der ein Pfarrer seinen Dienst tut. Freundlich grüßend geht er täglich unmittelbar an unserer Stellung vorbei.

„Und noch immer vertrauen die Männer darauf, dass noch alles gut gehen wird. Doch die Russen arbeiten sich in nächtlichen Vorfeldkämpfen bereits an die deutschen Hauptstellungen heran.

Am 5. Mai ist es dann soweit. Ein gewaltiges, mehrere Stunden dauerndes Trommelfeuer aus 300 schweren Geschützen, 400 Salvengeschützen und zahlreichen schweren Granatwerfern eröffnet die Schlacht. Gegenstöße werden unternommen, Einbrüche bereinigt oder abgeriegelt. Obwohl der Feind immer wieder anrennt, werden in 3-tägigen schweren Kämpfen alle von Panzern unterstützten Massenangriffe unter beiderseitigen hohen Verlusten abgewiesen."

A. Buchner „Ostfront 1944", Seite 115

Sonnabend, den 6. Mai 1944

Schon wieder war die Zeit in dieser Stellung um. Sie war gerade ausgebaut und somit war es Zeit, sie zu wechseln. Es kam wie immer völlig überraschend. Friedlich lagen wir im Bunker und wollten schlafen, da riss es uns aus allen Wolken. Während der Vorbereitung warf eine

Boston Bomben neben unserer Stellung ab und dadurch geriet die dort lagernde russische Munition in Brand. Sie krepierte neben uns. Das war der Auftakt auf den Weg zur neuen Stellung. Man hörte was von HKL usw. Der Weg allein war grausam dorthin.

Unter Leuchtschirmen und Bomben und von der Artillerie beschossen, kamen wir immerhin noch gut durch. Um 3 Uhr gingen wir in Stellung, wühlten wie die Irren und waren 6 Uhr feuerbereit. Was nun begann, war der Endkampf, der sich kaum beschreiben lässt, über den man besser hinweg geht. Die Deckung war ungenügend. Gegen 5 Uhr kamen die ersten Lagg. Darauf folgten in ununterbrochener Reihenfolge IL2`s. Dann begann ein mörderisches Trommelfeuer. Schon war keine Infanterie mehr vor uns. Wir standen direkt vor dem Feind. Es war ein beispielloser Kampf. In direktem Beschuss wurden feindliche PaK-Geschütze vernichtet, ganze Infanterie-Gruppen. Wir hatten schon über 50% Ausfälle. Dreimal wurde der 2er-Vierling besetzt, weil alle ausgefallen waren. Unheimliche Mengen an Munition wurden verschossen; 60 000 Schuss von der 2-cm-Munition.

„Täler und Höhen ringsum Sewastopol hallen wider vom Krachen der Granaten, dem Donner der Bomben, dem Geknatter der Bordwaffen, dem Hämmern der Maschinengewehre. … Auch in den Nächten geht der Kampf weiter, ist die Dunkelheit erhellt von russischen Leuchtfallschirmen, zischen und heulen Bomben heran und zerbersten dröhnend und krachend. … Und noch immer hält alles stand, warten Armeeführung, Korpsstäbe, Divisionskommandeure, Einheiten und jeder Mann auf den Räumungsbefehl, auf die

Evakuierung, auf die Erlösung aus diesem Inferno, auf Rettung.

Und endlich, endlich – am 8. Mai um 23.00 Uhr nachts gibt Hitler im fernen Berchtesgaden seine Zustimmung zur endgültigen Räumung von Sewastopol und zur Einschiffung der restlichen 17. Armee."

A. Buchner, „Ostfront 1944", Seiten 116f

4.5 Die Flucht nach Constanza

„Am 9. Mai um 2.15 Uhr trifft bei der Armee der Befehl ein: ‚Der Führer hat die Räumung der Krim genehmigt.' ... noch nahezu 50 000 Soldaten stehen da in Sewastopol."

A. Buchner, „Ostfront 1944" Seite 117

Lagekarte Schwarzes Meer

72

Die deutschen und rumänischen Schiffe zum Abtransport der Mannschaften werden an der Steilküste der Halbinsel Chersones erwartet, weil hier flachere Boote weit ans Ufer heranfahren können.

So liegen hier die Soldaten und warten auf ihre Überfahrt.

Nachdem auch die 9. Flakdivision ihr Letztes gegeben hat, um den Abtransport der Armee zu sichern, nachdem die letzte Munition verschossen ist, sind sie in der Nacht zum 9. Mai auf dem Weg zur Küste.

Es ist ein grauenvoller Marsch. Über ihre Köpfe dröhnen die Motoren der IL 2`s, die auf sie Bomben und Leuchtfallschirme abwerfen, wodurch die Nacht gespenstisch hell und sehr gefährlich wird. Jeder will schnell zur Küste kommen, sucht ein Stück Sicherheit in diesem Inferno.

Es wird gedrängelt und geschoben, Schreie gellen auf. Plötzlich fühlt Lorenz: „Hier stimmt was nicht!". Die Soldaten verschwinden einfach vor ihm in der Dunkelheit. Mit letzter Kraft stemmt er sich gegen die strömenden Massen, zurück, nur schnell zurück. Das rettet ihm das Leben.

Im Morgengrauen steht er wieder an den gleichen Ort und ist fassungslos. In 30 bis 40 m Tiefe erkennt er Tote und Verwundete zwischen und auf den Felsbrocken liegen, die alle vom Meer umspült werden. Ein schrecklicher Anblick. Schnell hangelt er eine der 3 m breiten Leiter hinunter und sucht einen einigermaßen geschützten Platz. Dann beginnt das endlose Warten auf die Schiffe, aber am Tage können sie nicht herankommen, da werden sie von den russischen Bombern gejagt. Die einzige Chance liegt in der Dunkelheit der Nacht. So sitzen sie alle dösend, ausgebrannt, vollkommen leer am Ufer der Krim und wissen nicht, ob sie noch auf Schiffe hoffen können.

Der Tag vergeht, der Abend kommt, aber nichts passiert. Es wird Nacht und sie sitzen noch immer an der gleichen Stelle, totale Apathie hat sie erfasst, eine große, schreckliche Gleichgültigkeit. Pausenlos hämmern weiter die Geschütze, fallen die Bomben, es gibt anscheinend kein Entkommen. …

„Die Verluste unter den auf Einschiffung hoffenden Soldaten wachsen im Verlauf des 10. Mai erschreckend, vor allem in der Nähe der Anlegestellen. Hier drängen sich viele nicht kämpfende und zur Einschiffung bereitgestellte Teile sowie zahlreiche Verwundete unter den Bomben und dem Bordwaffenbeschuss der einander ablösenden russischen Schlachtflieger zusammen. Der Tag vergeht unter Abwehr einer Reihe von Angriffen. Die Verluste auf dem deckungslosen Felsboden im hinteren Gelände wachsen ständig an.“

A. Buchner, „Ostfront 1944“, Seite 121

Am Abend des 10. Mai wartet jeder Mann nach dem Dunkelwerden auf den Befehl zum Absetzen. Er kommt nicht. Die von der Marine zugesagten Schiffe für die Räumung sind nicht da.

Für die Nacht vom 11./12. Mai ist ausreichend Schiffsraum zugesagt.

Es ist der 11. Mai 1944 auf der Halbinsel Krim, der Stadt Sewastopol und deren Halbinsel Chersones geworden, und eine Armee wartet auf die Schiffe. Aber auch dieser Tag neigt sich dem Abend zu und die Anzahl der getöteten Soldaten am Ufer steigt mit jeder Angriffswelle der Flieger. Und dann, in der Dämmerung des Abends, geschieht doch noch ein Wunder.

Plötzlich findet sich Lorenz auf dem Deck einer Fähre wieder, ohne zu wissen, wie er da hingekommen ist. Später erfährt er, dass der Führer der 1. Flakbatterie sie an ihren Uniformspiegeln als zur Luftwaffe zugehörig erkannt, am Ufer aufgelesen und eingeschifft hatte. Wie in Trance gingen die Männer an Bord.

Die Fähre bringt sie zu U-Boot-Jägern auf hoher See. Mitten in der Nacht, erhellt durch ein schwaches Licht, steigen sie um, nehmen auf dem Deck Platz und haben wieder Glück. Sie kommen durch die feindlichen Linien, nachdem sie die ganze Nacht, den folgenden Tag und nochmals in die Nacht hineinfahren sind.

Es war das letzte Schiff, das die Krim verlassen konnte.

13. Mai 1944

Es ist Sonnabendmorgen, um 4.10 Uhr, als wir in Constanza eintreffen. Es war wie eine Neugeburt, eine Auferstehung! Dann, endlich, konnten wir uns nach Tagen wieder waschen und rasieren, wurden verpflegt und in ein Gut „Hengstgestüt" geführt, um dort zu schlafen. Am Abend ging es zum Bahnhof.

Nun, wieder etwas erholt, werden sie sich erst richtig bewusst, wie viel Glück sie hatten. **Sie sind am Leben und in Sicherheit.** Lorenz holt sein Akkordeon raus und beginnt zu spielen und mit einem Mal stimmen die anderen mit ein. So ziehen sie singend durch die Stadt und singen auf ihr Leben.

Tagebuch:

Danach fuhren wir von Constanza aus über die Donau in die Gegend von Buzau (Karpaten).

In seinem Buch „Vom Kuban-Brückenkopf bis Sewastopol" berichtet General Pickert: „Die aus Sewastopol geretteten Männer der 9. Flakdivision zogen in Constanza am 13. Mai singend und stolz erhobenen Hauptes durch die Stadt." (Pickert, Seite 129)

Aber sie sangen wohl kaum aus Stolz. Sie feierten eher ihre Rettung, ihre Jugend und ihr Leben!
Sie waren mit dem letzten Schiff, das Constanza noch erreichen konnte, gekommen. Und drüben in Sewastopol ergeben sich die „Reste" der 17. Armee. Über 15 000 deutsche und rumänische Soldaten liegen noch am Tag darauf an der Steilküste und warten, durchnässt und ausgezehrt, auf ihren Weg in die Gefangenschaft. Nur wenige werden ihn überstehen.

Im Abschlussbericht der 9. Flakdivision heißt es. „Vom 16. April bis 12. Mai 1944 wurden 207 Flugzeuge und 127 Panzer über dem Festungsgebiet abgeschossen." Selbst hatten sie aber 382 Tote, 1 026 Verwundete und 3 849 Vermisste (Pickert, 1955, Seite 128).
Diese Zahlen sprechen für sich, belegen den mörderischen Kampf, der in Sewastopol geführt werden musste.

Am 16. Mai 1944 wandte sich dann der Oberbefehlshaber der 17. Armee, General Allmendinger, an die Soldaten der 9. Flakdivision in einem Schreiben mit folgendem Wortlaut:

„Mit der Beendigung des Kampfes auf der Krim scheidet die 9. Flakdivision aus der taktischen Unterstellung unter die 17. Armee aus. Eine lange Zeit gemeinsamen Kampfes in siegreichen und schweren Tagen findet damit ihren Abschluss. ... Das Bild der tapferen Flaksoldaten, die eng verbunden mit den Grenadieren, Panzerjägern und Kanonieren der 17. Armee auf Kap Chersones an ihren Geschützen bis zur letzten Granate das Einschiffen der Kameraden deckten, bleibt als Beispiel ewigen Heldentums vor unseren Augen."

Pickert, „Vom Kuban-Brückenkopf bis Sewastopol", Anlage

Sie hatten es sehr mit dem **ewigen Heldentum**, die Herren Generäle. Für die oberste Heeresführung gab es nun weder die 17. Armee noch die 9. Flakdivision. Die auf Constanza übergesetzten Reste der Armee mussten nun selbst sehen, wie sie in einem mühseligen und aufreibenden Marsch quer durch Südeuropa wieder nach Deutschland kamen. Hunger, häufige Kämpfe mit Partisaneneinheiten in den abgeschiedenen Bergen und das Gefühl, verraten und vergessen zu sein, waren ihre Wegbegleiter. Glücklich die, die diesen langen Marsch überlebten und die „Heimat" wieder erreichten. Aber sie haben über diese Zeit geschwiegen. Lorenz tat sie in einem einzigen Satz ab: „Wir haben uns im Wesentlichen nach Deutschland durchgeschlagen!".

Jetzt sind sie eine Armee der Vergessenen, schleppen sich als menschlicher Müll durch „Draculas Reich", träumen von langen, endlosen Zügen, aus denen weiße Fahnen hängen und die sie zurück in ihre Heimat fahren. Doch Hitler schickt keine Züge. Versteckt zwischen den letzten Seiten des Tagebuchs liest man folgenden Eintrag:

1. Sprich nur, wenn es notwendig ist. Dann aber bestimmt.
2. Tue alles mit vollem Bewusstsein und führe es zu Ende.

3. Beherrsche dich; mach lieber ein ernstes als zu freundliches Gesicht. Ziehe Stirnfalten, Mund …
4. Teile dir die Zeit ein und arbeite nach Plan. Überlege, was du morgen und in Zukunft zu erledigen hast.
5. Hole tief Atem, bevor du sprichst.

Nach großen Heldentaten klingt dieser Text nicht, aber nach einer eigenen Strategie zum Überleben in und nach diesem Krieg.

Ab März 1945 schießen überall in Deutschland Kriegsgefangenenlager aus dem Boden, unter anderem auch in Bad Aibling zwischen Chiemsee und München. Das Lager befindet sich am Ortseingang, auf dem ehemaligen Wehrmachtsflughafen. Tag und Nacht kommen von Süden her, aus Italien, aus Österreich, riesige Mengen an Gefangenen an. Wochenlang dauern die Transporte, der Ansturm ist riesig, denn alle erhoffen sich von den Amerikanern eine menschlichere Behandlung als von den Russen. Nun aber lagern sie auf dem freien Feld, ohne Zelte oder Baracken, der Witterung, dem Hunger, ihren Verletzungen, ihren Krankheiten überlassen. Am schwersten zu ertragen sind der Durst, die Kälte und der tagelange Regen, der den Boden in tiefen Morast verwandelt. Die Männer erkranken reihenweise, erneut holt sich der Tod täglich seine Opfer.

Auch Lorenz hatte gehofft, die Amis wären faire Sieger und nun liegt er hier seit Tagen mit hunderttausend anderen im Schlamm, krank und am Verhungern, und wartete auf ein Wunder. Und tatsächlich, eines Tages tut sich etwas im Lager. Den ganzen Vormittag verfolgt er, wie Lautsprecherdurchsagen Männer zur Verwaltungsbaracke rufen. Sie stehen dort in Reihen an und immer noch werden Namen verlesen. Mit dem Mut der Verzweiflung steht auch Lorenz langsam auf, nimmt seine wenigen Habseligkeiten zusammen und stellt sich ebenfalls an. Der amerikanische Offizier sieht ihn an, Lorenz nennt seinen Namen und kurze Zeit darauf ist er fassungslos, glücklich und frei. Jetzt kennt er nur noch ein Ziel: zum Bahnhof und mit dem nächsten Zug nach Hause, in den Harz. So fragt er sich in Bad Aibling nach dem Bahnhof durch und fällt dabei seinem Gegenüber vor Schwäche fast in die Arme. Karl Graupner erbarmt sich, bringt ihn zu sich nach Hause und rettet ihm damit das Leben.

5. Der Heimkehrer

Es ist ein Sommerabend im Jahr 1945. Mit Quietschen und Zischen hält ein Zug auf dem kleinen Bahnhof im Harz, Türen öffnen sich und die aussteigenden Menschen strömen zur Straße, machen sich auf den Weg in das Dorf.

Mit langsamen, bedächtigen Schritten folgt ihnen ein junger Mann in schäbiger Kleidung, bärtig und ausgezehrt. Viele Heimkehrer hat der Ort noch nicht gesehen, aber so oder ähnlich sehen sie wohl alle aus. Sein Blick schweift in die Landschaft, tief zieht er die Luft ein, die in einer frischen Abendbrise von den Harzgipfeln weht, und in seinen Augen zeigt sich ein leichtes, wehmütiges Lächeln. Zwei Jahre ist es jetzt her, dass er von hier aus seine lange Reise startete, in der Erwartung von Sieges- und Heldentaten. Zwei Jahre, die ihm wie eine Ewigkeit erscheinen. Damals begleitete ihn seine Mutter, aber inzwischen ist sie Städterin und wieder Ehefrau geworden und wohnt mit seinem jüngsten Bruder in der nächsten Stadt. Heute steht er allein hier. Aber er ist wieder zu Hause!

Zielstrebig geht er durch die Straßen und Gassen auf sein Elternhaus zu. Dort wird er nicht klopfen, denn es wohnen Fremde darin. Er geht ein Haus weiter, direkt auf den Großvater zu, der rauchend auf seiner Holzbank vor dem Haus sitzt und vor sich hin sinniert. Als er vor dem Großvater steht, erhebt sich der Alte schweigend und schließt seinen Enkelsohn fest in die Arme. Mit Tränen in den Augen halten sie sich fest und genießen diesen ganz besonderen Moment. Jetzt hat auch endlich der Zweiundsiebzigjährige seinen Frieden gefunden. Mehr erwartet er nicht mehr von der Welt, mehr kann er auch kaum noch erwarten. Er stirbt 1950 im Kreis seiner Familie. Traditionell verhängt Erna, seine zweite Frau, alle Spiegel in der Wohnung und zieht schwarze Kleider an.

Für die nächsten Tage kommt Heimkehrer Lorenz bei seinen Großeltern unter und genießt dabei die übliche, vertraute Enge. Er hatte wirklich die Gabe erworben, in jeder noch so unangenehmen Situation etwas Gutes zu sehen. In der Zwischenzeit räumen die Mieter des Elternhauses ein Zimmer im Erdgeschoss frei und gehen selber auf Wohnungssuche. Lorenz findet Arbeit auf dem Gut, denn an männlichen Arbeitskräften fehlt es mittlerweile überall. In seinem Beruf als Flugzeugbauer kann er nicht mehr arbeiten. Zum einen braucht keiner jetzt Flugzeuge, zum anderen sind vom gesamten Werk in Halberstadt nur noch Schutt und Asche übrig. Die Alliierten haben mit ihren Bomben ganze Arbeit geleistet und dabei auch die gesamte Stadt in ein Ruinenfeld verwandelt. Selbst in Lorenz' Heimatort, diesem stillen Harzdörfchen, waren Bomben gefallen und hatten Treffer auf acht Wohnhäuser gelandet und sie gänzlich zerstört.

Lorenz richtet sich wieder im Leben ein. Das Zimmer, das er nun bewohnt, ist das größte im Haus, dafür muss er aber bei den fremden Leuten durch die Küche gehen. Ein Kanonenofen spendet am Abend etwas Wärme, die Toilette ist immer noch im Hof. Um sie zu erreichen, muss man über die Straße gehen. Aber das ist alles nicht so schlimm, das ist ihm ja vertraut. Trotzdem wird er in Zukunft vieles verändern müssen und wollen.

Aber ein Problem bleibt: Es ist die Einsamkeit, die ihm schwer zusetzt. Kommt er nach Haus, schweigen ihn seine vier Wände an. Also bleibt nur die Flucht nach vorn und er besucht Freunde, Verwandte und Bekannte. Gesprächsstoff gibt es genug und er bleibt so lange, wie es eben möglich ist, um danach wieder in dieses kalte, abweisende Zimmer zurückzukehren. Mit seiner angenehmen Art und seinem gefälligen Äußeren ist er ein gerngesehener Gast, vor allem wenn junge Mädchen zum Haushalt gehören. Heiratsfähige Männer sind 1945 eine Rarität, denn entweder sind sie gefallen, werden vermisst oder sind in Gefangenschaft geraten. Er beginnt auf Brautschau zu gehen, will wieder in einer Familie leben, will dieses – sein kleines – Haus wiederbeleben.

In der Zwischenzeit hat es sich bis zum Oberdorf herumgesprochen, dass Lorenz zurück ist. So bleibt es nicht aus, dass eines Nachmittags nach Arbeitsschluss Irma und Lorenz vor dem Gut aufeinandertreffen. Beide kennen sich schon lange, haben im Krieg einander geschrieben und somit scheint diesem Wiedersehen zunächst nichts Ungewöhnliches anzuhaften. Aber als Lorenz jetzt auf sie zukommt, fühlt sich Irma sofort zu ihm hingezogen. Er steht vor ihr, groß und schlank, die Ärmel des Arbeitshemdes aufgekrempelt, mit einem großen breitkrempigen Hut auf dem Kopf und diesem so geheimnisvollen Lächeln in seinen blauen Augen.

Er ist von ihr angetan, von ihren dichten, langen schwarzen Haaren, den dunkelbraunen, warmen Augen und ihrem sehr sinnlichen Mund. Und er erinnert sich, was für ein fröhlicher und unbeschwerter Mensch sie doch immer war.

Doch auch Irma gehört zu den „Heimkehrern", hat als Notdienstverpflichtete den Krieg in der Nähe von Berlin direkt miterlebt. Untergebracht in einem Barackenlager, sollten die jungen Frauen ihren Beitrag für den „Endsieg" leisten und erlebten dabei das Elend des Krieges, den Hunger der russischen Kriegsgefangenen und die Bombenangriffe der Alliierten auf Berlin aus nächster Nähe mit. Nur durch die mutige Entscheidung einer Vorgesetzten durften die Mädels noch vor der endgültigen Kapitulation nach Hause fahren und entgingen dadurch so manchem dann noch folgenden Unheil. Aber wehe den jungen Frauen aus dem Osten, die schon keine Heimat mehr hatten. Es wurde ein bitterer, endgültiger Abschied von ihnen, als Irma in ihren Zug in Richtung Harz steigt. Die Freude, dem Inferno entronnen zu sein, ist nur von kurzer Dauer, denn wenige Wochen später hat der Krieg auch den Heimatort mit blutigen Kämpfen erreicht. Es ist der letzte Ort der „Festung Harz", der nun hart umkämpft wird. Die Schule wird Lazarett und 16-Jährige werden zum Kriegsdienst eingezogen. Selbst in den Waschhäusern des Ortes liegen verwundete deutsche und amerikanische Soldaten und, statt Wasser, fließt ihr Blut in die Sickerschächte. Das Elend ist kaum zu überbieten und Irma befindet sich mittendrin.

Doch nun haben sie ihren heißersehnten Frieden und, wie sie vor ihm steht, scheint es, dass auch der Heimkehrer Lorenz nun endgültig angekommen ist und sein Leben von vorn beginnen kann. Er hat den festen Willen dazu, denn das war es, was ihn in den schlimmsten Zeiten am Leben erhalten hat.

Jedenfalls sehen sie sich nun regelmäßig, kommen sich nahe, sehr nahe, was dann auch nicht folgenlos bleibt.

Der Neulehrer Lorenz S.

Das Kollegium

Und noch etwas ändert sich in seinem Leben: Am 15.Oktober 1945 soll die Schule für die fast 400 Kinder des Ortes wieder beginnen, aber es fehlt an Lehrern. Viele von ihnen wurden zur Front eingezogen oder auch von den Alliierten verhaftet, wie der ehemalige Rektor der Schule. So meldet sich Lorenz als Neulehrer und in einem 6-Wochen-Kurs erhält er das erste Rüstzeug für seinen neuen Beruf. Ehrgeizig, und mit dem Elan der Jugend, stellt er sich der neuen Herausforderung. Trotzdem ist er seinen Schülern besonders im neuen Schulfach Russisch, was nunmehr zum Stundenplan gehört, oft nur um eine Stunde voraus. Dafür kann ihm in anderen Fächern keiner etwas vormachen und bald erhält er den Spitznamen Musikus. Gleichzeitig mit seinem beruflichen Einstieg als Lehrer, genauer Neulehrer, wird Lorenz Mitglied der KPD, der Kommunistischen Partei Deutschlands.

Es sieht nach den ersten Wochen im Frieden so aus, als ob Lorenz wirklich einfach von vorn beginnen kann. Man könnte glauben, dass seine selbsterstellte Regel „4. Teile dir die Zeit ein und arbeite nach Plan. Überlege, was du morgen und in Zukunft zu erledigen hast," ihm dabei helfen und er damit das erlebte Grauen vergessen kann.

Aber der Alltag im Nachkriegsdeutschland ist schwer: an allem herrscht Mangel. Die Geschäfte sind fast leer, Lebensmittel bleiben lange Zeit eine Rarität. Nun werden die Menschen erfinderisch und alles Verwertbare aus dem Krieg findet Wiederverwendung. Aus Fallschirmseide kann man Brautkleider nähen, aus Uniformen Baby- und Kindersachen. Das ist weder besonders hübsch, noch kuschelig, dafür umso nützlicher und geistreich bezüglich des Nutzungswandels, den die Sachen erfahren.

Auch Lorenz füllt seine Werkstatt sukzessive mit elektrischen Bauteilen wie Spulen, Widerständen, Kondensatoren, Draht … ausgeschlachtet aus abgeschossenen Flugzeugen und Panzern.

6. Die Gier nach Leben

Die Weichen für das zweite Leben des Lorenz S. sind gestellt. Einen Tag vor Heiligabend 1945 stehen er und Irma vor dem Standesamt und geben sich das Ja-Wort, gründen ihre Familie. Die Verwandtschaft im Ort ist groß und man hat auch viele Freunde, die alle mit Glückwünschen und Geschenken erscheinen. Viele der Gratulanten kommen voller Stolz mit einem Satz frisch erstandener Glasschüsseln, die als Weihnachtszuteilung den Ort erreicht haben. Nach den ersten drei gleichen Schüsselsätzen deutet sich bei Irma Verzweiflung an.

Ein halbes Jahr später sind sie zu dritt, mitten im Hungerjahr 1946 kommt ihr erstes Kind zur Welt, ein Mädchen. Von Anfang an hat es dieses kleine Leben schwer. Hatte Irma selber während der Schwangerschaft ständig gehungert, gibt es nun auch für das kleine Wesen auch nicht viel zum Sattwerden.

Nach kurzer Zeit kann sie nicht mehr gestillt werden. Gesüßter Tee füllt zwar für eine Weile den Magen, ist aber keine Ersatznahrung für einen Säugling. Kurz vor dem ersten Geburtstag liegt das Kind eines Morgens tot in seinem Körbchen. „Plötzlicher Kindstod" lautet die Diagnose. Beide wissen es besser und werden von sich aus nie darüber reden.

Sie fühlen sich schuldig, spüren, dass sie die erste große Herausforderung verloren haben. Um weiterleben zu können, verdrängen sie den Tod des Kindes auf ihre Weise. So liegt der kleine Körper in einer abgeschiedenen Ecke des Friedhofes, bald „vergessen"; das Grab umfasst von einer schmucklosen Sandsteinfassung.

Für Lorenz ist der Tod die Wiederbegegnung mit einem alten Bekannten, der erst den Vater hatte langsam sterben lassen, dann den geliebten Bruder plötzlich holte und dem er selbst während des Krieges mehrmals nur mit größter Mühe entkommen konnte. Nun musste er auch noch dem Sterben seiner kleinen Tochter zusehen.

Oft fühlt er sich schuldig, selbst noch am Leben zu sein.

Doch dann fordern die Tagesaufgaben wieder seine ganze Aufmerksamkeit und lenken ihn von diesen düsteren Gedanken ab. Die erste Lehramtsprüfung steht an. Lorenz ist aufgeregt, aber auch sehr ehrgeizig und bereitet sich daher gründlich auf dieses Ereignis vor. Irma schmückt am Morgen des Prüfungstages den Schreibtisch mit Blumen als Gratulationsgeschenk und kann seine Rückkehr kaum erwarten.

Das Brautpaar Irma und Lorenz

Am Nachmittag kommt Lorenz verdrießlich heim, sieht auf den Schreibtisch und knurrt: „Was sollen denn diese Blumen hier?". Irmas Freude ist schlagartig verflogen. Entsetzt und fragend sieht sie ihn an. „Ich habe die Prüfung nur mit einer Zwei bestanden."

In diesen Tagen ist bei allen jungen Menschen der Drang nach Feiern und Geselligkeit groß. Sie hatten keine Jugend, der Krieg hatte sie ihnen gestohlen, und auch Irma und Lorenz gehören dazu. Überall im Land entstehen plötzlich Musikgruppen und jeder irgendwie nutzbare Saal wird zum Tanzboden. Auch Lorenz gründet eine Tanzkapelle bestehend aus 4 Akkordeons und einem Schlagzeug und sonnabends wird nun im Saal des Dorfes aufgespielt.

S-Musikus spielt wieder auf seinem Akkordeon und sie kommen gern, amüsieren sich, finden ihre Lebensfreude wieder. Irma sitzt dabei am Eingang mit einem Glas Fassbrause und kassiert das Eintrittsgeld für die Veranstaltung.

Diese Abende bescheren viele glückliche, entspannte Stunden, von denen sie immer eine Weile zehren können. Dadurch fühlen beide wieder ihre Jugend, bis sie der schwere Alltag mit Hunger und Entbehrung wieder in die Realität zurückholt.

Inzwischen erwartet Irma ihr zweites Kind und nun wird vorgesorgt. Eine Ziege muss her!

So drückt ihr die Mutter eines Tages einen Strick samt Geiß in die eine Hand und in die andere Hand einen Lampenschirm aus Glas. Die Ziege scheint auf diese Situation schlecht vorbereitet zu sein, denn sie macht einen ruckartigen Satz nach vorn, zieht und Irma und die Lampe liegen auf der Straße. Irma hat den Sturz überstanden, die Lampe nicht. Aber das Tier sorgt mit seiner Milch dafür, dass der größte Hunger überwunden werden kann. Im April 1948 kommt dann ein Mädchen zur Welt und es gedeiht gut. Alle sind

voller Stolz auf die Pausbäckchen des Kindes mit dem Ko-
senamen Suschen.

Das zweite Kind, Suschen

Auch Lorenz will seinen Beitrag zum Gedeihen des Kindes
leisten. So nimmt er eines Tages das Mädchen und besucht
mit ihr eine Wahrsagerin, um diese nach der Zukunft des
Kindes zu befragen. Natürlich freut sie sich über Kund-
schaft, tätigt die üblichen Zeremonien und betrachtet das

mit Ziegenmilch gut genährte Kind. Sie kann nichts Bedenkliches in der Zukunft sehen und, um aber überhaupt etwas zu sagen, rät sie, dem Kind immer etwas Rotes anzuziehen. Rot, die Farbe des Lebens, so lautet der Rat, sonst würde das Kind neidisch werden. Besonderen Eifer bei der Umsetzung des Rates haben beide Eltern nie an den Tag gelegt, aber sie haben den Hinweis zumindest weitergegeben.

Lorenz beginnt nun das wirklich kleine Haus mit seinen Nebengelassen in Ordnung zu bringen. Das „Haus" hat einen kleinen Flur mit einer Treppe zu dem einen Zimmer unterm Dach. Das Zimmer ist klein, beheizbar, hat zwei schräge Wände und wurde bis 1938 noch von Lorenz' Großmutter bewohnt.

Vom Flur aus gelangt man auf der linken Seite ins Wohnzimmer, in dem sich ein Sofa, zwei Sessel und ein Schreibtisch befinden. Später kommt noch eine Musiktruhe dazu, ein wahrhaftig feines Stück. Geht man im Flur geradeaus weiter, gelangt man in die Küche. Nur, weil sie einen quadratischen Grundriss hat, fällt ihre Winzigkeit nicht sofort besonders auf. Rechts von der Tür steht das Küchenbüffet, links der Kohleofen mit der Holzbank. Die Holzbank ist ein wichtiges Mobiliar, weil zum einen Holz, Kohle und Anzündpapier in ihr gelagert werden, gleichzeitig steht darauf die Waschschüssel mit einem Spiegel darüber.

Der Tür gegenüber befindet sich eine schmale Liege an der Wand, mit einem Tisch davor sowie zwei Küchenstühlen. Zieht man den Tisch aus, wird er zur Spüle mit zwei Spülbecken. Jetzt fehlt nur noch der Handtuchhalter links vom Sofa, den stets eines der üblichen bestickten Überhandtücher ziert. Vergessen darf man auch nicht das Radio am Kopfende der Liege. Jeden Abend wird die Sendung „Das Echo des Tages" vom NDR angehört und sonnabends um

18 Uhr erklingen im Radio die Glocken und läuten „den Sonntag" ein. Von der Küche aus gelangt man zum Schlafzimmer, in dem ein nagelneues Modell aus Nussbaumfurnier steht. Im Laufe der Jahre wird es unter der Feuchtigkeit des Raumes sehr leiden und seine Schönheit einbüßen.

Nach und nach bringt Lorenz die Nebengelasse in Ordnung, das Grundstück erhält einen Zaun, ein neuer Holzschuppen entsteht und später werden aus dem Ziegenstall Waschhaus und Werkstatt. In seinen freien Stunden bastelt er aus den gesammelten Bauteilen kleine Radioempfänger, die an Leute aus dem Ort verkauft werden. Oder er repariert defekte Geräte, wonach der Bedarf bedeutend größer ist. Lorenz hat immer etwas zu tun, baut, bastelt, repariert mit seinen goldenen Händen und sorgt so für manches Zubrot.

7. Der Beginn der Angst

Im Sommer 1952 packen Irma und Lorenz ihre Habseligkeiten zusammen und bereiten ihren Umzug in den Nachbarort vor. Selbst die Ziege muss sich über den Höhenkamm zwischen den beiden Dörfern mit auf den Weg machen, um dort ihren neuen Stall zu beziehen. Das Ziel ist eine kleinere Ortschaft, direkt an der Bode gelegen, umgeben von einem Mischwald aus Buchen und Fichten. Dem Flüsschen Bode am Nächsten steht die Kirche mit ihren Nebengelassen und dem Anbau, der der kleinen Familie als Wohnung zur Verfügung steht. Die Schule ist ein kleines Schmuckstück aus Holz und liegt gleich auf der anderen Straßenseite. In beiden Einrichtungen wird Lorenz für ein Jahr gebraucht, alltags als

Lehrer und sonntags als Organist in der Kirche. Die Wohnung ist groß, mit vielen Zimmern und mit dem Komfort der Nachkriegsjahre ausgestattet, also keinem. Die riesigen Zimmer lassen sich nur schwer heizen, bleiben ungemütlich kalt, so dass im Winter das Familienleben vorwiegend in der Küche und im kleinen Arbeitszimmer stattfindet. Auf diese Weise können sie Heizmaterial sparen, an dem es sowieso ständig mangelt. Aber auch die anderen Dorfbewohner wissen häufig nicht, womit sie ihre Öfen heizen sollen. Da liegt die Versuchung nahe, sich aus dem nicht weit entfernten Wald mit Brennholz zu versorgen. Aber mit demselben Eifer, mit dem die Männer auf Holzklau gehen, versuchen auch die Behörden, die Diebstähle zu verhindern oder aufzuklären. Doch der Winter 1952/53 ist lang und kalt, die Kohlen knapp und die Forstwirtschaftsbehörde ist in Schwierigkeiten durch die ständigen Diebstähle von geschlagenem Holz. Bald wird Lorenz mitten in der Nacht durch ein heftiges und forderndes Klopfen an der Haustür aus dem Schlaf gerissen. „Aufmachen, Kriminalpolizei, machen Sie sofort die Tür auf!". Schlaftrunken und frierend öffnet er, Irma und die Tochter stehen sofort hinter ihm im kalten Hausflur. Die hereinströmenden Beamten drängen die Familie in die Küche und beginnen ohne Umschweife mit ihrer Befragung. „Wo waren Sie heute Nacht? Wo liegt das gestohlene Holz?", danach beginnt die Durchsuchung der Wohnung und der wenigen Nebengelasse. Sie finden nichts und müssen sich schließlich enttäuscht zurückziehen. Zurück bleibt eine völlig verstörte Familie mit einem schreienden Kind und einer aufgelösten Frau. Lorenz spürt plötzlich eine diffuse, unbestimmte Angst, aber sie ist da und ergreift zunehmend von ihm Besitz. Es ist als spricht sie zu ihm: „Genau so kommen sie, um dich zu holen! Jeden Tag, in jedem Moment kann es passieren, so, wie sie auch Rektor Reuter und andere holten. Du musst immer damit rechnen. Genieße dein Leben solange du kannst! Du weißt nicht, was noch kommt!". Kurz nach diesem nächtlichen Zwischenfall bekommt Lorenz eine schwere Lungenentzündung und muss für Wochen das Bett hüten. Damit hat er Zeit, zur Ruhe zu kommen und die Angst zu bändigen. Aber vollkommen abschütteln kann er sie nie wieder.

Irma und Lorenz hatten gute Freunde gefunden in diesem Ort, aber im Sommer ziehen sie wieder in das Heimatdorf zurück, in ihre vertraute und gewohnte Umgebung.

Von nun an holt auch Lorenz sich einen Holzschein, für die Zeit, in der einmal im Jahr im nahegelegenen Buchenwald das Holz für den Winter geschlagen wird. Die Männer sind dann den ganzen Tag unterwegs, fällen eine der stolzen Buchen und bringen sie in Spalten nach Hause. Später wird das Holz in lange Scheiben gesägt. Den ganzen Tag lang kreischt dann im Hof die Kreissäge. Den letzten Teil der Arbeit macht das Hacken zu ofenfertigen Scheiten aus, die die Kinder nach Vorschrift im Holzschuppen aufstapeln. Einfach auf einen Berg schmeißen, geht nicht, da hat Lorenz genaue Vorstellungen.

Nach und nach kommen nun weitere Männer aus der Kriegsgefangenschaft nach Hause zurück. Es sind die wenigen seiner Generation; die überlebten, mit denen er aufgewachsen ist, die er kennt. Man besucht sich, tauscht sich aus und wiederholt wird über den Krieg gesprochen, über die Bombennächte, das Trommelfeuer der Russen, über die gefallenen Kameraden, den Hunger und die Krankheit in der Gefangenschaft. Kaum im neuen Leben angekommen, stürzen sie mit ihren Gefühlen wieder in den Krieg hinein. Gegen diesen Gefühlskater gibt es seit der Front ein bewährtes Mittel – Alkohol.

Und so schleicht sich langsam eine neue Angewohnheit in Lorenz' Leben: Er geht oft allein weg, zu Bekannten zu Freunden, in die Dorfkneipe. Dort sind sie unter Männern, können ungestört reden. Das erinnert ihn an die Abende an der Front, wenn geredet und getrunken, Akkordeon gespielt und männliche Geselligkeit gepflegt wurde.

Die Folgen sind für die kleine Familie bedrückend. Irma fühlt sich im Stich gelassen, sitzt zu Hause und wartet. Sie ist wieder schwanger und ihre Gesundheit wurde durch die Schwangerschaften und den Hunger angegriffen. So macht sie ihm heftige Vorwürfe, wenn er nach Haus kommt und so fühlen sich beide missverstanden und alleingelassen. Das sorgt für Frust, Streit und führt auch zu tätlichen Auseinandersetzungen, denn er verliert schnell die Nerven und schlägt zu, wenn er mit seinem wenig rücksichtsvollem Verhalten konfrontiert wird.

Sommer 1953

Lorenz mit seinem Sohn

Man schreibt das Jahr 1952 und es ist wieder April. Die kleine Familie feiert die Geburt ihres dritten Kindes. Für beide Eltern ist es eine neue Herausforderung. Diesmal ist es ein Junge, dem Lorenz den Namen seines geliebten Bruders gibt. Hans ist ein zartes Kind, der mit seinen blonden Locken auch gut als Mädchen gelten könnte.

Auch dieses Mal kann Irma das Kind nur kurze Zeit stillen und damit fangen die Probleme erneut an. Der Junge bekommt eine Milchallergie und weder die Ziege, noch die Kühe des Nachbarn liefern verträgliche Kost. Hans bricht die Milch immer wieder aus. Es ist für alle eine schlimme Zeit. Verzweifelt versuchen alle, Hans am Leben zu erhalten, indem man ihn mit Reisschleim ernährt. Endlich wird im Dorf eine Kuh gefunden, deren Milch das Kind verträgt. Erst diese Kuh kann dem Jungen das Leben retten und beschert dadurch der Familie ihre glücklichsten Jahre.

Lorenz findet zu seiner alten Geschäftigkeit zurück, baut nach Plänen aus den Kriegsjahren eine Drehbank und steht abends in der Werkstatt. Der Elektromotor surrt und es entstehen Teile, deren Bedeutung vergessen ist, die aber hübsch aussehen und anscheinend sehr gefragt sind (Ersatzteile für Maschinen). Diese Drehbank hat ihre eigene Melodie. Mit ihrem gleichmäßigen Summen wirkt sie beruhigend, fast heilend, auf alle.

In dieser Zeit entdeckt er mit dem Fotografieren ein weiteres Hobby für sich. Er kauft einen Fotoapparat und nimmt auf der Suche nach geeigneten Motiven auch gern seine Kinder mit. Später entsteht sogar ein Fotolabor und somit können die Bilder selbst entwickelt werden. Viele schöne Vergrößerungen existieren noch aus dieser Zeit.

Sonntagsausflug ins „Kalte Tal"

1954. Irma hat begonnen Briefe zu schreiben, Kontakte in den Westteil des getrennten Deutschlands zu knüpfen, denn in Kassel leben doch Verwandte, die Schwester von Lorenz' Mutter mit ihrem Mann Heini.

Sonntagsausflug ins „Kalte Tal"

Onkel Heini arbeitet in den Volkswagenwerken und Irma ist überzeugt, dass er ihnen helfen kann. Warum sollte ein Flugzeugbauer nicht auch Autos mitfabrizieren können? Ein damit verbundener Orts- und Arbeitsstellenwechsel würde die Lebensverhältnisse der Familie deutlich verbessern. Und eines Tages kommt tatsächlich Post aus Kassel: „Lorenz wird zu einem Vorstellungsgespräch bei VW erwartet. Er soll möglichst schnell kommen." Auch Irma erhofft als kaufmännische Angestellte eine Arbeit im Westen zu finden.

Beide warten also die nächsten Ferien ab, holen ihren Sonntagsstaat aus dem Kleiderschrank und fahren los. Die Kinder geben sie bei Irmas Mutter ab. Voller Erwartungen reisen sie in den anderen Teil Deutschlands, kehren jedoch vollkommen enttäuscht zurück. Sie hatten zu lange gezögert, die Stelle war bereits vergeben. So bleibt Lorenz mit seiner Familie in der alten Heimat, doch dafür gehen andere und hinterlassen schmerzhafte Lücken, besonders in der Lehrerschaft.

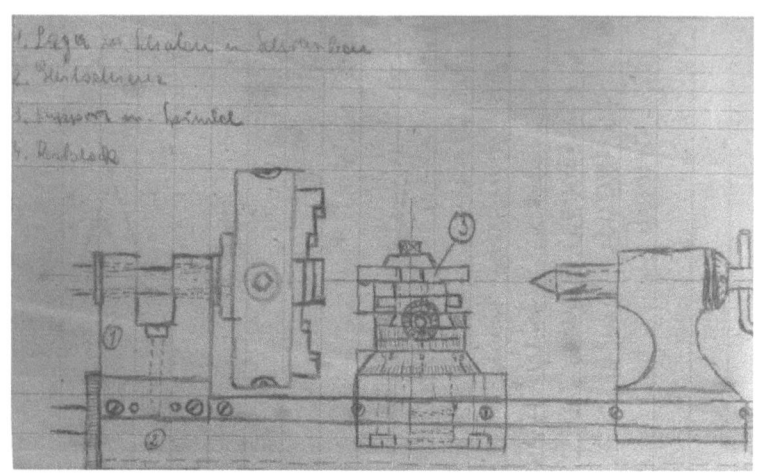

Skizze der Drehbank aus dem Tagebuch

Kein Fotoapparat, sondern ihre Seelen halten die Momente fest, wenn sie in den Ferien oder am Sonntagmorgen zu viert im Bett liegen, Pläne schmieden, reden und herumflachsen. Dann gehören sie zusammen, sind eins, so eng, wie es nur irgendwie geht. Die Kinder liegen in der Bettmitte, aber das Seelenzentrum ist dann der Vater. In solchen Momenten ist er zu jedem Versprechen bereit; die Geschwister aber lernen mit den Jahren, dass er die wenigsten davon halten wird.

Drei Ereignisse verändern nachhaltig ihr Zusammenleben.

Zum einen stirbt Irmas Mutter 48-jährig an Blutkrebs, wodurch der jungen Frau eine wichtige Stütze und Beraterin genommen wird. Zum anderen folgt eine Fehlgeburt, durch die sie weiter körperlich und seelisch geschwächt wird. Nach einem Krankenhausaufenthalt kann sie ihre Aufgaben als Hausfrau und Mutter kaum noch erfüllen. Oft sitzt sie am Abend schweigend, mit einem vollkommen starren, nach innen gekehrten Blick, am Tisch. Die inzwischen 9-jährige Tochter findet dieses Verhalten zwar ungewöhnlich, aber auch interessant und ahmt die Mimik der Mutter oftmals nach. Oft wird sie zwar vom Vater gerügt, zu Irma sagt er aber kein Wort. Mit ihrem Verhalten kann er nicht umgehen. So ist er ihr kaum eine Hilfe, um aus der Depression herauszukommen.

Das dritte Ereignis, das nachhaltige Auswirkungen auf die Familie haben wird, ist die Hochzeit seines jüngeren Bruders. Der hat inzwischen Bergbau studiert und denkt nun ans Heiraten. Seine Braut ist eine sehr schöne und selbstbewusste Frau. Außerdem genießt sie das Privileg, sich stets der Unterstützung ihrer gut situierten Eltern sicher sein zu können.

Wenn die zwei Brüder mit ihren Frauen zusammenkommen, gibt es immer wieder Sticheleien zwischen Irma und Sieglinde. Sie finden einfach keine gemeinsame Basis, denn ihre Lebensläufe sind bislang zu verschieden gewesen.

Sieglinde wächst als einziges Kind ihrer Eltern behütet auf und muss auch in den schweren Jahren kaum etwas entbehren. Dafür stehen ihre Eltern tagein und tagaus im florierenden Laden, in dem später auch Sieglinde arbeitet.

Sie verkörpert an sich die Leichtigkeit des Seins mit ihrer Jugend und ihrer Schönheit, stets unterstrichen durch eine ausgewählte teure und schicke Garderobe. Daneben kommt sich Irma stets wie Aschenputtel vor, denn von ihren guten Sachen passt schon lange nichts mehr und neue, elegante Kleidung zu bekommen, ist in den Fünfzigern unheimlich schwer und auch ein finanzielles Problem. Krieg, Hunger und Schwangerschaften haben sie gezeichnet. Von dem einst so fröhlichen Menschen in ihr ist kaum etwas geblieben.

Im Sommer des Jahres 1956 führt nun also der jüngste Bruder, Horst, inzwischen ein Diplomingenieur mit guten Manieren, seine wunderschöne Braut zum Traualtar, gefolgt vom Festzug der Verwandten und Bekannten. Angeführt wird der Brautzug von den Blumenkindern, die nach der

Trauung den Boden für das frische Ehepaar mit Blüten bestreuen, als Symbol für den Weg in ein gemeinsames glückliches Leben.

Die Feier ist perfekt, es fehlt an Nichts, alles ist im Überfluss vorhanden. Aber zwischen den beiden Frauen, Irma und Sieglinde, nun Schwägerinnen, kann auch an diesem besonderen Tag keine Harmonie entstehen. Stattdessen kommt es aus einer belanglosen Sache heraus zu einem handfesten Streit. Lorenz versucht zu schlichten, aber nun greift Sieglinde auch ihn an und selbst Horst kann sie nicht beruhigen.

An Irma gewandt, schließt sie den Disput mit folgenden Worten ab: „Mir ist schon lange klar, dass du mich nicht leiden kannst, denn du hättest ja lieber deine Schwester hier heute als Braut gesehen!". Die Stimmung ist endgültig verdorben und über die eben noch fröhliche Feier legt sich bleischwere Kälte, die sogar die Kinder in diesem Moment fühlen. Jedem ist klar, das Ende der Party ist gekommen. So verlassen nach und nach alle Gäste das Fest, während die Schwiegermutter sich in eine Ecke zurückzieht, verzweifelt weint und über ihr Herz klagt. Auch Lorenz nimmt seine Familie und geht mit unguten Gefühlen nach Haus, denn sein Einsatz hat lediglich das Ende der Feier gebracht.

Wochen später klagt die Angestellte einer Drogerie im Ort über stetig fehlende Beträge in ihrer Ladenkasse. Sie ist nicht ortskundig und beschreibt deshalb die vermutliche Diebin als eine große, schwarzhaarige Frau. Das Dorf rätselt und stellt allerhand Vermutungen an. Es gibt eine Reihe verdächtiger Frauen und dazu zählen auch Irma und Sieglinde, da die Beschreibung auf beide passt.

Aufgrund einer solchen Mutmaßung plötzlich im Rampenlicht des Ortes zu stehen, ist eine sehr unangenehme Sache, denn die Brüder befinden sich durch ihre Arbeit mitten im öffentlichen Leben. Eines Morgens klebt auf dem „Schwarzen Brett" vor dem Gemeindeamt ein Brief: „Sieglinde ist die Diebin!". Wie ein Lauffeuer verbreitet sich die Nachricht im Ort und alle fragen sich, wer diesen anonymen Brief wohl geschrieben hat.

Sieglinde ist sich sicher, dass dies nur Irmas Werk gewesen sein kann.

Am späten Abend bekommen Lorenz und Irma Besuch. Horst bittet um ein klärendes Gespräch und will außerdem, dass sich Irma bei Sieglinde entschuldigt. Aber Irma weist konsequent alle Schuld von sich. Ihr Mann unterstützt sie dabei.

Doch Horst ist anderer Meinung und hält vorbehaltlos zu seiner Frau, was die Debatte nur verschärft. Schließlich hat Lorenz genug und beendet die Diskussion: „Wenn du nicht einsehen willst, dass wir nichts mit dem Brief zu tun haben, gibt es für uns keine gemeinsame Basis mehr. Dann habe ich heute auch meinen zweiten Bruder verloren!". Demonstrativ verlässt Lorenz darauf den Raum und geht ins benachbarte Schlafzimmer. Der Bruder stürzt mit Tränen in den Augen verzweifelt hinterher: „Bruder, Bruder, das kannst du doch nicht machen!", ruft er. „Geh, du weckst nur noch die Kinder auf! Es ist alles gesagt, du willst es doch nicht anders", entgegnet Lorenz. Aber die Kinder sind schon wach und werden so Zeugen der Auseinandersetzung. Horst verlässt das Schlafzimmer und geht. Es ist ein Abschied von seinem Bruder auf Lebenszeit. Die Familien werden sich völlig fremd und argwöhnisch achtet Sieglinde darauf, dass alles auch so bleibt. Nur manchmal treffen die Brüder bei der Mutter zusammen, aber kein Geburtstag, keine sonstige Feier wird jemals wieder gemeinsam begangen.

Die eigentliche Diebin wird nach diesen Vorgängen durch ihren Schwiegervater entlarvt, der schließlich auch das

Geld in den Laden zurückbringt. Wer aber den Brief ans Schwarze Brett angebracht hat, konnte nie geklärt werden. Manche Geheimnisse werden doch mit ins Grab genommen.

So treibt es Lorenz wieder aus dem Haus: Er besucht Freunde, Bekannte und verdrängt die Probleme bis zu dem Zeitpunkt, an dem er wieder zu Hause eintrifft. Oftmals gibt es dann aus nichtigen Anlässen Streit und nicht selten auch körperliche Gewalt gegen Irma. Die Kinder stehen hilflos, weinend und zitternd daneben, werden zu Zeugen der Auseinandersetzungen und fürchten sich vor ihrem Vater. „Vati, hör auf! Vati, hör auf!" rufen sie ihm zu, doch sein ganzes Wesen ist verändert und am Schlimmsten sind seine harten, kalten Augen. Seinen Blick werden sie nie mehr vergessen! Manchmal, wenn sie ihn anflehen, kommt Lorenz schnell wieder zur Besinnung und hört auf, auf Irma einzuprügeln. Am Ende zieht sich jeder erschöpft, lautlos weinend, wimmernd in eine Ecke zurück. Eine seelische Talfahrt liegt wieder hinter ihnen und auf ihr Gemüt legt sich ein weiterer bleischwerer Mantel. Und während er am nächsten Morgen wieder seiner alltäglichen Arbeit, dem Unterrichten und Erziehen junger Menschen, nachgeht, hat sie Schwierigkeiten, ihre blauen Flecken am Körper zu verstecken. Suse beginnt nun immer öfter in ihr privates ideales Traumreich zu entfliehen. Während sie am Abend dem Bruder regelmäßig selbstdachte Märchen erzählt, kann sie am Tage ihr gesamtes Umfeld vergessen und schafft sich eine ideale Parallelwirklichkeit. Besonders die Unterrichtsstunden scheinen ihr sehr geeignet dafür, bis eines Tages Lorenz in ihrer Klasse vertreten muss. „Du träumst!", ermahnt er sie anschließend. Auch Irma erfindet für sich eine zweite, schönere Welt. Das ist für sie beruhigend und tröstet ihre geschundene Seele, aber zur Bewältigung des Alltags benötigt sie weiterhin Hilfe.

Vertraute und wichtigste Stütze wird nun ihre zehn Jahre jüngere Schwester Dorothea, die ihr einiges dieser Last abnimmt, die ihr hilft und sie berät. Beiden bleibt nicht verborgen, wie sehr die Tochter unter den häuslichen Streitigkeiten leidet und versuchen, sie so oft wie möglich zu Verwandten, zur Schwester oder zur Großmutter zu schicken. Die damit beginnende Entfremdung zur Tochter nimmt Irma in Kauf.

Aber mit jedem Streit verliert sie zusätzlich ein Stück Liebe ihrer beiden Kinder. Sie stehen ihr immer bei, ringen und weinen mit ihr. Doch irgendwann kommen beide zur Überzeugung, sie leiden mit und wegen ihr! Allmählich wird Irma Opfer im doppelten Sinne. Zum einen, da sie regelmäßig die Konflikte mit Lorenz durchstehen und ertragen muss. Zum anderen, weil die Kinder dadurch in eine Schiedsrichterrolle gedrängt werden, doch kein Kind will sich zwischen den Elternteilen entscheiden müssen. Mit ihren Herzen haben sie bereits abgestimmt und halten Irma für schuldig. Keine Mutter sollte je vor den Augen ihrer Kinder so erniedrigt werden, wie Lorenz es mit Irma getan hat.

Immer mit der Weihnachtszeit verschärft sich die Krise in der Familie und erreicht Heiligabend ihren Höhepunkt. Lorenz scheint überhaupt nicht nach Haus kommen zu wollen und so schickt Irma wieder die Kinder los, den Vater zu suchen. Haben sie ihn endlich ausfindig gemacht, ist viel Geduld und Zureden nötig, bis der Vater dann endlich aufsteht und mit ihnen den Heimweg antritt. Erst spät am Abend wird der Baum, oft noch schneeverkrustet, ins Wohnzimmer gebracht, um geschmückt zu werden. Dabei bilden sich unter ihm kleine, schmutzige Wasserpfützen. Aber Irma ist viel zu glücklich, um jetzt zu meckern. Sie ist froh, dass er endlich da ist, und über den Beginn eines friedlichen Festes.

Die Situation bleibt so bis 1958. Dann wird Lorenz in ein kleines Vorharzdorf als Schulleiter versetzt, fährt jeden

Tag mit dem Motorrad zu seiner Schule und ist beruflich wieder gefordert. Für die Familie vergeht bis zum Umzug ein ruhigeres Jahr mit weniger Zank und Auseinandersetzungen. Alle hoffen, dass nun alles besser wird, dass sie endlich als vollkommen normale Familie leben können.

8. Der verpatzte Neubeginn

Sommer 1959. Der Weg vom Bahnhof in den neuen Wohnort ist lang, zieht sich endlos durch die Felder mit ihren fruchtbaren Böden, behütet von kiefernbewachsenen Hügeln aus Sandsteinfelsen und den alten Obstplantagen. Erst nach einer Wanderung von langen 3 km öffnet sich die Flur und das Dorf wird für den Wanderer sichtbar. Die gesamten Sommerferien verbrachte Suse wieder bei ihrer Tante und bekam weder vom Um- noch vom Einzug ins neue Heim etwas mit. Mit einem Zettel in der Hand, mit der neuen Adresse darauf, fragt sie sich im Dorf nach ihrem neuen Zuhause durch. Es ist ein kleiner Ort, in dem die Gehöfte mit ihren überdimensionalen Scheunentoren dicht an dicht stehen. Wie Festungen schirmen sich die Bauernhäuser nach außen hin ab und geben dem Betrachter nur selten Einblicke in ihr Innenleben. Für die Umsiedler hatte man nach dem Krieg vor dem Ort einen schmalen Streifen Land an einem dieser Sandsteinfelsen zum Bau von Eigenheimen freigegeben. So blieben sie, wie auch spätere Zugezogene, unter sich, denn die Dörfler waren eine eingeschworene Gemeinschaft, die fest zusammenhielt und allem Neuen sehr misstrauisch gegenüberstand. So weigerten sich die erfolgreichen Bauern noch immer in die LPG einzutreten. Doch bis zum Ende des Sommers konnte auch der letzte Bauer durch eine Propagandatruppe von den Vorzügen der Kollektivierung überzeugt werden. Von all dem ahnt die 11-Jährige nichts, als sie das Haus sucht, in dem für die nächsten Jahre die Familie wohnen wird.

Es hat eine exponierte Lage im Ort, nämlich zwischen der Kirche, der Schule und dem ehemaligen Gutshof und kein einziges Tor verwehrt den Zugang. Zur Begrüßung stehen die Eltern strahlend im neuen Domizil und zeigen ihr voller Stolz die Räumlichkeiten. Die Zimmer in dem altehrwürdigen Fachwerkhaus sind alle recht groß, woran sie sich erst noch gewöhnen müssen. Verbunden werden die Räume durch einen dunklen langen Flur. Für das Wohnzimmer wurden neue Möbel gekauft und inzwischen besitzen sie auch einen Fernseher. Lorenz und Irma haben sich viel vorgenommen, suchen einen neuen Anfang und haben dafür in den letzten acht Wochen hart gearbeitet. Das Geld aus dem Hausverkauf erlaubte die Anschaffung von ein wenig Luxus, was beide zufriedenstellt. Doch bald wird das Geld wieder knapp und Lorenz ist durch seine beruflichen Verpflichtungen abends häufig außer Haus. Die Versammlungen müssen zusätzlich mit Bier und einem Braunen begossen werden. Lorenz lernt so schnell die Leute im Ort kennen und auch genügend Gleichgesinnte für lange Abende.

Nach einem Vierteljahr kommt es, wie es kommen muss: der erste Streit und alle guten Vorsätze sind vergessen! Die Szene spielt sich in der Küche ab: Irma benötigt Geld und Lorenz meint, ihr Kontingent für den Monat sei erschöpft. Beide schreien sich schließlich lautstark an und wieder wird Lorenz handgreiflich und setzt damit dem Streit gewaltsam ein Ende. Am nächsten Nachmittag, fast zur gleichen Zeit, bittet Irma die beiden Kinder, doch einmal recht laut zu schreien, um so die Auseinandersetzung vor den Nachbarn zu vertuschen. Doch die nächsten Zerwürfnisse bleiben nicht aus und alles beginnt von vorn. Der Neuanfang ist gescheitert.

Wir sind im Jahr 1961, im Jahr des Mauerbaus, der Einführung des Schießbefehls und der Aktion „Ochsenkopf".

Neben der Schultür hängt inzwischen ein neues weißes Schild mit der Aufschrift: „Allgemeinbildende polytechnische Oberschule". Lorenz hat seine Aufgabe erfüllt, das neue Schulsystem an seiner Schule eingeführt und damit auch gleichzeitig die parallele Unterrichtung mehrerer Klassen in einem Raum abgeschafft.

An einem schönen Frühlingstag ist er mal wieder mit seinem Motorrad auf dem Weg nach Wernigerode. Der Schulrat hat ihn zu einem Gespräch gebeten. Lorenz grübelt auf der Fahrt nach dem Hintergrund für diese Einladung. Muss er sich vielleicht Sorgen machen, gibt es Probleme oder neue Aufgaben? Doch der Schulrat kann Lorenz beruhigen, er ist mit seiner Arbeit zufrieden. „Solche Genossen wie dich brauchen wir. Das Volksbildungsministerium sucht nach geeigneten Mitarbeitern. Wir haben dich für diese Stelle vorgeschlagen, dein Einverständnis vorausgesetzt. Würdest du denn nach Berlin gehen?". Lorenz ist überrascht und bittet um Bedenkzeit. Zuhause angekommen bereitet er seine Familie auf einen möglichen Umzug nach Berlin vor. Während Irma sich freut, weil sie damit auch auf eine Verbesserung ihrer finanziellen Lage hofft, sind die Kinder wenig begeistert, fließen Tränen. Gerade haben sie sich hier eingelebt und Freunde gefunden. Sie wollen bleiben!

Doch dann überschlagen sich die Ereignisse. Mitten in den Sommerferien, am 13. August 1961, verkünden alle Radio- und Fernsehsender den Bau der Berliner Mauer, nachdem die Abwanderungswelle im Juli 61 mit 30.415 Personen ihren bis dahin höchsten Stand erreicht hat. Insgesamt haben nun fast 3 Millionen DDR-Bürger ihr Land verlassen. Drei Wochen nach dem Mauerbau beginnt die Aktion „Ochsenkopf", benannt nach dem Berg im Fichtelgebirge, von dem aus die Westsender ihre Programme für den Osten auszustrahlen. In vielen Großstädten steigen nun Mitglieder der FDJ auf die Dächer der Häuser und drehen die nach Westen ausgerichteten Antennen um. Niemand soll mehr die Sender der „Bonner Ultras" empfangen können. Doch die Aktion bringt nicht den erwarteten Erfolg, denn die Antennen werden nun auf den Dachböden, also unsichtbar für andere, aufgestellt. Ende September beordert plötzlich der Bezirksschulrat alle Schuldirektoren nach Magdeburg zu einer großen Konferenz. Jedem Teilnehmer ist klar, es wird nun eine nachträgliche Begründung für den Bau der Mauer geben. Sie schlucken die Erklärungen runter, wohl wissend, dass damit die Einheit Deutschlands künftig kein Thema mehr sein wird.

Doch damit ist es noch nicht genug. Die Schulleiter erhalten zudem die Anweisung, ihre Schüler mit einem Westfernsehen-Verbot zu instruieren. Damit läuft die Aktion „Ochsenkopf" auch an den Schulen an. Lorenz ist entsetzt, es hält ihn nicht mehr auf seinem Platz, er steht auf und erklärt: „Das kann doch nicht wahr sein! Diese Anordnung erinnert mich an alte Zeiten, als man erschossen wurde, wenn man ausländische Sender hörte." Lorenz bleibt der Einzige, der aufsteht und seine Meinung sagt, die große Mehrheit schweigt. Eine sehr übersichtliche Lage für alle. Die Frage, ob er nach Berlin gehen wird, ist damit auch beantwortet. Er wird nie wieder danach gefragt werden. Stattdessen interessiert sich nun eine andere Behörde für sein Leben, beginnt

Informationen zu sammeln und scheut sich dabei auch nicht, unlautere Mittel einzusetzen.

Um im Ort die Schule zu finden, muss man sich schon recht gut auskennen, denn nur zwei kleine Gassen bilden die Verbindung zwischen ihr und beiden Hauptstraßen des Ortes. Trotzdem stehen eines Tages während einer der Hofpausen zwei unbekannte Männer auf dem Schulhof und fragen sich nach dem Schüler Hans S durch. Die Hofaufsicht bemerkt zu spät, was vor sich geht. Die Herren kommen also mit Hans ins Gespräch, erweisen sich als nette Leute und fragen zwischendurch, ob Hans denn auch die Sendung „Fury" kennen würde. „Natürlich", prahlt der Neunjährige, „das gucken wir doch jeden Sonntag!" Der Junge ist stolz, wie gut er sich auskennt, für seinen Vater aber ist es ein Desaster. Am nächsten Tag kommt die „Überraschung": In großen Lettern steht in der Tageszeitung: „Schulleiter von … sieht mit seinen Kindern Westfernsehen!" Der Artikel zieht weite Kreise, denn Lorenz muss sich nun vor der Parteigruppe und vor dem Schulrat verantworten und Besserung geloben. Kurz darauf hat er seinen ersten Klinikaufenthalt. Sein Nervenkostüm streikt. Schlaflose Nächte und innere Unruhe sowie diffuse Angstgefühle treten erneut auf. Im Nachttischkasten stapeln sich zunehmend Schachteln mit Schlaf- und Beruhigungstabletten.

Irma bekommt in den nächsten Monaten einen runden Bauch, die Geschwister bemerken es nicht einmal und werden erst durch Klassenkameraden aufgeklärt. Kilometerlange Märsche bis nach Thale sollen die Schwangerschaft zwar unterbinden helfen, trotzdem kommt am 5. November 1960 ein Mädchen mit dem Namen Karen zur Welt. Eine gute Woche später liegt das kleine Bündel zur Überraschung seiner größeren Geschwister auf einem Kopfkissen im Wohnzimmer. Irma ist nicht begeistert darüber, mit 34

Jahren nochmals entbunden zu haben und schämt sich vor der Nachbarschaft. Sie wollte keine Windeln mehr waschen oder Babygeschrei ertragen. Sie hat Angst davor, wieder krank zu werden und fühlt sich einfach zu alt.

Fototermin am Sonntagmorgen

Bald sind diese Gefühle überwunden und mit Milasan aus der Flasche gedeiht das neue Familienmitglied prächtig. Sie wird gewissermaßen nebenbei mit aufgezogen, fast unbemerkt, wie es oft das Schicksal von später geborenen Kindern ist. Karen hat einen hellen Verstand und ein unkompliziertes Wesen. Doch fast in ihrer gesamten Kindheit muss auch sie die regelmäßigen, zermürbenden und gewalttätigen Auseinandersetzungen der Eltern ertragen. Hinzu kommt die unbewusste Erfahrung, dass sie ein ungewolltes Kind ist. Die erlebte Ablehnung durch die Mutter in den ersten Monaten bringt sie zu der Überzeugung, dass alle Menschen gegen sie seien.

Der Alltag von Lorenz hat sich inzwischen gewandelt. Die Zeit ist vorbei, in der er voller Elan große Projekte in Angriff nahm. Auch die Arbeit als Schulleiter erfüllt ihn schon lange nicht mehr. Fortwährend fühlt er sich von einem Berg bürokratischer Zwänge belagert und ihn belastet ständig das Gefühl, nie mit der Arbeit fertig zu werden. Zwar kommen zu ihm oft noch Leute aus dem Ort, um ihre Fernseher oder Radios reparieren zu lassen, aber das ist schnell erledigt. In guten Momenten steht er an seiner Drehbank und bastelt wie in alten Zeiten. Dann hofft die Familie, dass die Arbeit an der Maschine möglichst lange dauert.

Aber die meisten Tage verlaufen anders. Hans wird nach dem Unterricht in den Konsum geschickt, dem Handels- und Kommunikationszentrum des Ortes, um eine Flasche Braunen einzukaufen. Inzwischen warten im Lehrerzimmer der Vater, ein Kollege und der Dorfpolizist, um den beginnenden Nachmittag begießen zu können. Alle drei sind Zugezogene, Kriegsveteranen und trinken gern einen nach und auf die Arbeit. Der Schnaps wird dann mit Hilfe eines Reagenzglases in genau drei Portionen geteilt und der angenehme Teil des Nachmittags kann beginnen. Diese Zeit ist ihnen wichtig und hat schon fast den Charakter einer Zeremonie, die in der Regel bis 15 Uhr dauert. Nach einer Tasse Kaffee zu Hause vorm Fernseher geht Lorenz dann am frühen Abend in die Wirtschaft mit dem schönen Namen „Zum grünen Kranz". Da montags Ruhetag ist, findet er schnell Ersatz bei Edwin, weshalb der Montag von allen „Edwinstag" genannt wird. Gegen 20 Uhr, pünktlich zur Tagesschau, kommt Lorenz nach Haus und schaut dann noch fern. Besonders gern sieht er den, nach dem Montagsfilm laufenden, „Schwarzen Kanal" oder politische Sendungen des Westfernsehens. Immer wieder endet ein solcher Tag mit einem Streit zwischen den Eheleuten, der sich aus den belanglosesten Anlässen ergibt. Die Kinder sind zu diesem Zeitpunkt schon im Bett, aber kein Streit bleibt ungehört.

Manchmal ist auch Eifersucht der Anlass für ihre Fehden, denn es kommt vor, dass Lorenz noch eine „gute Bekannte" im Ort besucht. Meist waren sie sich zufällig im

Dorf begegnet, in der Mitte zwischen Kirche und Kneipe, also direkt am Friedhof. Auch sie ist eine Zugezogene, eine junge attraktive Witwe, immer auf der Suche nach etwas Wärme und Zuwendung. „Komm doch mit, ich habe einen guten selbstgemachten Kirschlikör zu Haus!", lädt Greta ihn dann ein. Und Lorenz geht mit, geschmeichelt davon, derart umgarnt und begehrt zu werden. Dort findet ihn Irma, beobachtet die Vorgänge durch die Fensterscheibe und hört ihn sagen: „Ach Greta, du bist doch die Beste."

Als er dann endlich nach Hause kommt, will Irma ihn zur Rede stellen und wird schließlich beschimpft: „Du Miststück, hast du mir nachspioniert? Lass das sein! Du hast mir doch mein Leben kaputt gemacht!" Er greift seine Frau fest an den Oberarmen und schüttelt sie heftig. Sie kann sich nicht wehren und schreit. Erst als sie am Boden liegt, gibt er Ruhe und lässt sie weinend ins Bett schleichen.

Am nächsten Tag muss Irma wieder mit blauen Flecken zur Arbeit. Sie ist als Sachbearbeiterin in der nächsten Stadt tätig und bessert damit das stets knappe Haushaltsgeld auf.

Im Sommer 1962 erhält Lorenz eine Kur, um sein verlorenes Gleichgewicht wieder zu finden. Schlafstörungen, Konzentrationsschwächen und seine erhöhte Erregbarkeit machen ihm und der Familie zu schaffen. Drei Wochen verbringt er in Thalheim im Thüringer Wald, kann neue Eindrücke sammeln und genießt die Tatsache, keinen Berg von unerledigten Aufgaben abarbeiten zu müssen. Aber wirklich wertvoll wird die Kur für ihn durch die Begegnung mit Herbert Roth, dem Musikstar des Thüringer Waldes. Von nun an packt auch Lorenz wieder öfter sein Akkordeon aus, übt und spielt und findet in der Musik seine Möglichkeit zur Entspannung und Erholung wieder.

Irma kommt immer erst am späten Nachmittag nach Hause und hat für den Haushalt nur wenig Zeit übrig. So bleibt vieles unerledigt, obwohl ihre Älteste sie schon lange bei den täglichen Aufgaben unterstützt. Einmal im Monat ist Waschtag für beide. Für einen Fünfpersonenhaushalt ist das jedes Mal eine Herausforderung, bis die gesamte Wäsche wieder sauber und gebügelt ihren Platz im Schrank gefunden hat. Lorenz sitzt an solchen Tagen im Wohnzimmer und wartet, dass der Tag vorbei geht. Für Hausarbeiten sind die Frauen zuständig.

An einem dieser Waschtage geschieht ein Unfall: Irma will, wie immer, die Wäsche aus der Maschine holen und bleibt dabei regelrecht an der Maschine kleben. Sie steht unter Strom. Ihr lautes Geschrei alarmiert Lorenz, der sie schnell aus der misslichen Lage durch das Ausdrehen der Sicherung befreit. Ursache war eine defekte Stromleitung, die in dem alten Haus für die neue Technik zu mürbe geworden war. Lorenz ersetzt sie bald darauf durch ein neues Kabel, wovon ein längeres Stück übrigbleibt, das Jahre später noch eine folgenschwere Rolle spielen wird.

Die Kinder wachsen in dem Harzvorort in einer Idylle auf. Eingeschlossen von mehreren Bergen, bleibt der Ort lange für den von außerhalb Kommenden verborgen. Man erzählt, dass im Dreißigjährigen Krieg keine einzige Truppe sich hierher verirrt hatte. Die Verbindung zur nächsten Stadt erfolgt vorrangig mit dem Linienbus, der mehrmals am Tage die Strecke hin- und zurückfährt, wie zu einem Sackbahnhof. Hat man den Bus verpasst, bleibt noch der Zug oder der Postbus. Beide sind jedoch eher recht unbequeme Reisemöglichkeiten, denn der Postbus hat nur wenige Plätze und bis zum Bahnhof läuft man immerhin 3 km. Das Leben in diesem Ort gleicht dem Leben auf einer Insel, verträumt, abgeschottet und eintönig.

Hans lebt sich sehr schnell in dieser neuen, kleinen Welt ein. Zusammen mit seinen Freunden strolcht er den ganzen Tag durch das Dorf und kommt nur zu kurzen Stippvisiten nach Hause. Manchmal sogar nur, weil er Hunger verspürt. Viel öfter sucht er aber einfach nach geeigneten Dingen, die man günstig verkaupeln (tauschen) kann. Seine Geschäftsidee nachzuvollziehen, fällt aber den restlichen Familienmitgliedern nicht immer leicht, besonders wenn die Glasmurmeln der Schwester plötzlich verschwunden sind oder ein dreckiges Russenkäppi nun auch zum Hausstand gehört. Wird jedoch die Wohnung renoviert, lässt er sich noch seltener sehen und wartet den Zeitpunkt ab, an dem die Arbeiten eingestellt werden. Für solche häuslichen Aufgaben fehlt ihm vollkommen der Sinn.

Aber zu seinem Vater hat Hans eine besonders innige Beziehung, eine „Affenliebe", wie Irma das gern zu kommentierten pflegt. Regelmäßig vor dem Schlafengehen kommt von Hans die Frage „Vati, kann ich heute bei dir schlafen?" Und Lorenz sagt nie nein. Erst das Längenwachstum seines Sohnes setzt diesem Ansinnen eine natürliche Grenze.

Ständig ist im Haushalt der Familie, obwohl beide Eltern arbeiten, das Geld knapp. Große Sprünge sind kaum möglich, denn viel Geld wird auch für Zigaretten und Alkohol benötigt. Viele DDR-Bürger haben ein drittes Einkommen in Form von Westpaketen. Aber als Schulleiter sind solche Kontakte nicht erwünscht. Besserte bis dahin noch so manches Paket aus Kassel von Tante Minna und Onkel Heini mit Ei-Pulver, Schokolade, Bonbons und amerikanischen Mädchenkleidern das Budget etwas auf, durften aber die hübschen Sachen höchstens für Faschingskostüme herhalten. In der Position als Schulleiter bleiben diese Zuwendungen vollkommen aus und gekleidet wird sich nur mit dem, was die Warenhäuser von Konsum und HO zu bieten haben. Für junge Mädchen in der Pubertät konnte das schnell zum Problem werden. Verständlich, dass Suschen eines Tages genervt aufschreit, „Ich habe überhaupt nichts Ordentliches zum Anziehen mehr. Da kann ich doch gleich im Sack herumlaufen!", worauf Lorenz trocken antwortet: „Aber nicht in meinem letzten guten Sack!".

So ergreift erneut Irma die Initiative und schreibt einen Bettelbrief, diesmal nach Österreich an einen alten Bekannten aus dem Krieg. Eines Tages bringt die Post tatsächlich ein Paket mit einem Petticoat und zwei verschiedene Nylonstoffen in rosa und hellblau. Aber Irmas Begeisterung hält sich in Grenzen und Lorenz ist verärgert über ihre heimlichen Aktivitäten. Nur die große Tochter hat dabei gewonnen: ein neues Stück für ihre dürftige Garderobe. Dazu näht sie sich einen recht weiten Rock.

Irma kränkelt in dieser Zeit wieder aufgrund einer Fehlgeburt. Lorenz hat inzwischen einen weiteren Klinikaufenthalt zum Kurieren seiner Nerven hinter sich. Das Leben, das sie zusammen führen, zehrt an ihrer beider Wohlbefinden. An einem Nachmittag, wir sind im Jahr 1963, eskaliert wieder einmal die Lage zwischen dem Elternpaar. Prügel und Schreie beherrschen den Tag und Suse ist erneut mittendrin. Sie will es nicht mehr hinnehmen. Da sie gegen den Vater körperlich nicht ankommt, stürzt sie ins Wohnzimmer, verriegelt die Tür und greift zur Kohlenschaufel. Damit nimmt sie Glut aus dem Ofen und droht ihren Eltern: „Wenn ihr nicht sofort aufhört, setze ich das ganze Haus in Brand!". Hinter der Tür ist plötzlich Ruhe, doch dann trommelt der Vater wie wild an die Tür, schreit: „Mach sofort die Tür wieder auf, lass den Blödsinn sein!" und nach einer Weile nimmt Suschen ihren ganzen Mut zusammen, schiebt den Riegel zurück und lässt den Vater hinein. Lorenz ergreift die Kohlenschaufel mit der Glut und Suschen erhält einen Schlag ins Gesicht. Es ist der einzige Schlag, den sie jemals von ihm erhält.

Zumindest brachte ihr beherztes Eingreifen an diesem Abend den ersehnten Frieden.

Die Tage verlaufen für die Kinder im steten Gleichmaß zwischen ruhigen Nachmittagen mit Freunden, Fernsehen, Hausaufgaben, der Hausarbeit und der wiederholten Anspannung am Abend. Immer sind alle in Sorge, wie der Tag wohl zu Ende geht.

Ist Lorenz dienstlich außerhalb unterwegs, hat Irma aber auch keine Ruhe. Dann schläft in solchen Nächten ein altes Fräulein im Wohnzimmer auf der Couch. Da es der Frau aber mit den Jahren an der gewohnten Bequemlichkeit mangelt, nimmt nun Irma ihr Federbett unter den Arm und schläft bei ihr oder sie findet Asyl in der Nachbarschaft. Dort hat sie eine Freundin gefunden, mit der sie auch nachmittags einige Zeit nach der Arbeit verbringt, die ihr zuhört und der sie auch stets den Klatsch des Dorfes weitererzählen kann.

Solange Irmas Mutter noch lebte, packte sie gern spontan ihre Sachen zusammen und zog mit Kind und Handwagen zu den Eltern ins Oberdorf. Hatte sie sich dort ausgeheult, den ganzen Ärger von der Seele geredet, nahm sie zwei Stunden später wieder ihren Wagen und ging zurück. Sie konnte sich einfach nicht von ihm trennen. Aber inzwischen ist sie dazu bereit, und denkt immer häufiger über eine Scheidung nach. Sie spricht sogar mit der großen Tochter darüber, die froh ist, dass sich ihre Mutter zur Trennung durchgerungen hat. Die Scheidung wird schließlich im beiderseitigen Einvernehmen eingereicht. Hans soll zum Vater, Suse zur Mutter ziehen. Doch bereits eine Woche später muss Lorenz diese Absicht revidieren. Die Partei macht ihm klar, dass für einen Schulleiter einer sozialistischen Schule eine Trennung nicht in Frage kommt! Beide müssen sich fügen und arrangieren sich auf ihre Weise mit der Situation!

Sommerferien 1964 – eine Fahrt nach Magdeburg ins Pädagogische Kreiskabinett (PKK) ist geplant. Mit dem Motorrad geht es am Morgen los, auf dem Sozius die inzwischen 16-jährige Große. Die Straße zieht sich schnurgerade durch die Börde auf Magdeburg zu. Wiesen, Felder und Alleebäume, kaum Verkehr – so trudeln sie in Gedanken versunken auf ihr Ziel zu. Endlich fahren sie in die Stadt ein, werden jedoch gleich hinter der ersten Kreuzung von einem Polizisten gestoppt. Rote Ampel überfahren! Lorenz bleibt die Ruhe selbst und beginnt mit dem Hüter der städtischen Ordnung ein längeres Gespräch. Nach einer Viertelstunde hat er den Polizisten überzeugt, dass er doch unschuldig ist, weil es im Harzvorörtchen nicht eine einzige Ampel gibt. So fahren beide unbehelligt weiter und erreichen nach einigen Irrfahrten schließlich das pädagogische Kreiskabinett, eine Behörde, in der keiner anzutreffen ist, da alle im Urlaub sind.

Somit kann der gemütliche Teil der Reise beginnen. Im Zentrum von Magdeburg suchen sie eine Bekannte auf, die Schwester einer Putzfrau aus der Schule, die er bei ihrem Besuch im Ort kennengelernt hatte. Ihre Einladung nahm er nur zu gern an. Sie hat eine geräumige Wohnung und kann beide für eine Nacht problemlos unterbringen. Also machen sich alle am späten Nachmittag chic und erleben einen feuchtfröhlichen Abend in einer Nachtbar im Zentrum von Magdeburg. Kleine runde Tische, verteilt im Raum, dezente Beleuchtung von tiefhängenden Lampen, eine kleine Band mit stimmiger Musik und eine Bar bestimmen das Flair des Abends. Für Suschen ist es die erste Nachtbarerfahrung und sie beschließt, dass so etwas unbedingt auch zu ihrem Leben gehören sollte. Am nächsten Morgen packen sie ihre Sachen zusammen und fahren zufrieden zurück. Die Reise hat sich für beide gelohnt.

Im Herbst 1964 zieht Suschen aufgrund ihres Studiums nach Halle und kommt nur noch in großen Abständen nach Hause. Damit macht sie sich äußerlich frei vom anstrengenden Familienklima. Irma schreibt ihr emsig Briefe, bemüht, den Kontakt nicht abbrechen zu lassen, denn sie ahnt, was in ihrer ältesten Tochter vorgeht.

Und noch einmal wird Irma schwanger und entbindet im November 1965 ihren zweiten Sohn, den sie Maik nennt. Er ist ihr fünftes Kind, aber elf Kinder hätten es insgesamt sein können. Für Maik findet sich im Ort eine Pflegemutter, die jeden Morgen pünktlich vor der Tür steht, um ihn abzuholen. Dadurch hat er ein zweites und auch liebevolles Zuhause und wächst somit unbekümmerter als seine älteren Geschwister auf. Sowohl im Wesen, als auch im Äußeren ähnelt er sehr seinem Vater.

Die Geschwister 1973

117

Dieser verbringt inzwischen wieder mehr Zeit mit der Familie und möchte sich sogar eine Urlaubsreise mit Irma gönnen. Da sie aber kein Interesse zeigt, nimmt Lorenz seinen Sohn Hans mit auf Reisen.

Eines Tages schreibt Irma einen Brief an die Familienberatungsstelle in Halle und gibt ihn der Tochter mit. Es ist eigentlich ein Hilferuf, in dem sie auf ihre gescheiterte Ehe, die Fehlgeburten und auf die Kinder eingeht. Sie möchte einen Neuanfang, hat aber nicht die Kraft, um dies allein zu bewältigen. Sie will aus ihrem Dilemma heraus, findet aber nicht den Mut dazu. Die Familienberatungsstelle ist nicht in der Lage zu helfen und Frauenhäuser sind 1968 in der DDR unbekannt. So richtet sie sich ein, findet ihre Nische in dem Verhältnis zu einem anderen Mann und bekommt etwas von ihrer früheren Lebensfreude zurück.

Nach über 20 Jahren Ehekrieg und Herabsetzung fühlt sie sich nun endlich wieder begehrt und geschätzt.

Jetzt geht auch sie auf Reisen, schafft sich Freiraum unter dem Vorwand, nach der großen Tochter in Halle sehen zu müssen. Zum vereinbarten Zeitpunkt holt Suschen ihre Mutter vom Bahnhof ab und ist über ihre äußeren, positiven Veränderungen erstaunt. Zusammen bummeln sie durchs Stadtzentrum, trinken eine Tasse Kaffee am Markt und fahren mit der Straßenbahn bis Brandberge Endstation zur Musterung des Internats. Die Unterbringung ist schon recht komfortabel und preiswert, wie zu DDR-Zeiten üblich.

Suse hatte sich auf die Übernachtung der Mutter im Internat eingestellt, wird aber rasch eines Besseren belehrt, denn Irma hat sich ein Hotelzimmer in der Lessingstraße reservieren lassen. So fahren beide gegen Abend wieder zurück in die Stadt und verabschieden sich vor dem Quartier. Die

Große erkundigt sich nicht nach dem Grund, doch stellt sich zumindest selbst die Frage „Warum?". Erst Wochen später stellt sie die Frage auch der Tante. „Weißt du nicht, dass deine Mutter einen Liebhaber in der Nachbarschaft hat", lautet ihre Antwort. Suschen ist nicht entsetzt oder wütend. Sie gönnt ihrer Mutter nach all den schweren Jahren dieses Stückchen gestohlenen Glücks. Aber etwas mulmig ist ihr doch zumute. Die Fahrten nach Halle wiederholt Irma bis zum Studienende der Tochter noch einige Male.

Lange bleiben Lorenz die Veränderungen an Irma nicht verborgen, er beobachtet sie und versucht sich einen Reim auf alle Geschehnisse zu machen. Im Dorf kursieren bereits Gerüchte, aber bis zu ihm dringt keines vor. Aber, sein Gefühl sagt ihm, dass Irma nachts längere Zeit außer Haus ist. Um sich darüber Klarheit zu verschaffen, stellt sich Lorenz wieder in seine Werkstatt und bastelt eine Art Bewegungsmelder, den er unter Irmas Matratze anbringt. Sollte sie in der Nacht aufstehen, würde sofort Alarm ausgelöst werden, also auch bei jedem Gang zur Toilette. Die Anlage wird gebaut, montiert, aber nie ausgelöst. Lorenz greift nach einer einfacheren Methode und streut abends Mehl unter die Schlafzimmerfenster, um eventuelle Besucher an Hand der Fußspuren zu erkennen. Aber auch dieser Versuch bleibt erfolglos.

Natürlich registriert Irma seine Überwachungsversuche und berichtet auch ihrer Schwester davon. „Mein Mann leidet unter Verfolgungswahn!", bewertet sie seine übertriebene Wachsamkeit. Von nun an beobachten sich beide.

Im November 1968 kommt eine Einladung zur Hochzeit ins Haus. Fast die gesamte Familie, die Großeltern und Irmas Schwester mit Familie steigen am 22. November früh in den Zug nach Halle, um mit der Straßenbahn noch eine Stunde bis zum endgültigen Ziel zu fahren. Gegen 15 Uhr trudeln sie am Ziel ein. Ihre älteste Tochter heiratet und die Eltern kommen als Gäste. Trotz des spätherbstlichen Termins ist das Wetter am Tage sonnig und warm, der Wintermantel wird nicht gebraucht.

Der Polterabend wird in der Gaststätte einer Kleingartenanlage gefeiert, mit deftigen Gerichten, wie halben Schweineköpfen, Eisbeinen und Gehacktem. Zum Tanz spielt wieder Lorenz mit seinem Akkordeon auf. Dabei sind es sowohl die alten als auch die neuesten Hits der westdeutschen Schlagerparaden, womit er beweist, dass er über das aktuelle Geschehen auf dem deutschen Schlagermarkt bestens im Bilde ist. Schnell und mit viel Spaß übt er die besten Titel ein, um sie dann bei entsprechenden Veranstaltungen vortragen zu können.

Der letzte einstudierte Hit trug den Titel: „Schöne Maid, hast du heut für mich Zeit?". Es klang für alle immer wie eine Hommage auf sein eigenes Leben.

Die Gemütlichkeit an diesem Abend wird jäh unterbrochen, als Lorenz' Mutter plötzlich aufschreit: „Jemand hat 20 Mark aus meinem Portemonnaie gestohlen!" Fassungslos ringt Sie nach Luft und klagt über Herzschmerzen. Man reicht ihr ein in der kalten Ente angefeuchtetes Tuch zur Kühlung der Brust und der Bräutigam ersetzt den verlorenen Betrag aus eigener Tasche. Danach erholt sich die Großmutter wieder und die Feier wird noch für einige Stunden fortgesetzt.

Am nächsten Morgen trifft sich die gesamte Hochzeitsgesellschaft vor dem Standesamt. Mit Händels Hochzeitsmarsch wird die Zeremonie eingestimmt. Der Tag verläuft ohne weitere peinliche Zwischenfälle, jeder amüsiert sich prächtig und tags darauf reist die gesamte Verwandtschaft zurück in den Harz. Lorenz und Irma sind etwas nachdenklicher als zuvor, in Erinnerung an ihre eigene Hochzeit in den Zeiten der Not und an die vielen Schwierigkeiten, die sich ihnen in den Folgejahren entgegengestellt haben. Sie wünschen ihrer Tochter einen leichteren Anfang, aber materielle Hilfe können sie ihr nicht geben.

Da die finanziellen Möglichkeiten zur Unterstützung von Suse mehr als beschränkt sind, versucht Lorenz auf anderem Wege zu helfen. Wieder einmal setzt er sich in den großen Ferien auf sein Motorrad, diesmal mit seiner zweiten Tochter Karen auf dem Sozius, und die Reise geht los. Auf der F6 in Richtung Halle, weiter an den Kühltürmen von Buna und Leuna vorbei, bis sie in der Nähe der Saale in dem kleinen Städtchen ankommen. Dort soll in einem öden, abgeschiedenen Gelände für Suses Familie aus eigenen Mitteln und Kräften ein Eigenheim entstehen. Da beides nur in begrenztem Umfang zur Verfügung steht, ist jede Hilfe bei den Bauarbeiten gern gesehen.

Zur Begrüßung gibt es Erbsensuppe aus Kartoffeln, Erbsen und etwas Fleisch. Suppengrün war im Konsum nicht erhältlich, wodurch das Gericht nun etwas fad schmeckt. Trotzdem lobt Lorenz seine Tochter, worüber Karen, die Jüngste, überaus erstaunt ist. Sie kann es nicht fassen, dass der Vater sich wenigstens einmal anerkennend äußert. Luftmatratzen und Schlafsäcke werden am Abend hervorgeholt und es entsteht beinahe Urlaubsstimmung. Das hochsommerliche Wetter trägt auch dazu bei. Während am nächsten Tag die Schwestern für Erfrischungen und das Essen sorgen, stehen die Männer in der Baugrube und schachten die Fundamente aus, eine Schwerstarbeit in dieser Hitze. Nach drei Tagen reisen Lorenz und Karen wieder zurück in den kühleren Harz und müssen sich erst einmal richtig erholen. Solche Fahrten wiederholt Lorenz noch zwei-, dreimal und versucht beim Bau des Eigenheimes zu helfen. Nach der letzten Reise trifft er eine folgenschwere Entscheidung, die

Irma in einem Brief übermitteln soll: „Dein Mann verlangt zu viel von dir mit dem Bau, der Arbeit und dem Kind! Lass dich scheiden und komm wieder nach Haus!", lautet seine Botschaft. Lorenz glaubt eingreifen zu müssen und nimmt dabei jedes Risiko in Kauf.

Familienfeier, Lorenz mit Tochter (rechts im Bild)

Nach diesem Brief ist das Verhältnis zum Schwiegersohn deutlich unterkühlt. Längere Zeit wird er nicht mehr in den Harz fahren und Suschen ebenfalls viel seltener.

Dafür verbessert sich endlich in diesen Jahren das Familienklima, die Tage werden nun ruhiger und Lorenz findet auch zu seinen Hobbys zurück. Ein Brief von Irma vom 10. Juni 1969 verdeutlicht die entspannte Situation:

„Liebe Suse, lieber Peter!
Alle warten zu Hause mal wieder auf ein Lebenszeichen, selbst Vati, aber immer vergebens. … Uns geht es soweit

einigermaßen gut. Vati hat sich vor einiger Zeit seinen Daumen in der Nacht mit dem Hammer durchgehauen. Plötzlich stand er vor meinem Bett mit kreidebleichem Gesicht und kalten Schweiß auf der Stirn und sein Daumen stand ganz schief, so fest hatte er zugehauen. Nun trägt er schon 14 Tage einen Gipsverband. Hans hat ihn ordentlich schäbig gemacht und gesagt: „Du alter Fachmann haust dir noch den Daumen durch, das ist doch zum Lachen!". Und im Dorf hat man die wildesten Gerüchte erzählt. Sein Kollege Schiffer wäre so besoffen gewesen, dass er Vati den Daumen durchgehauen hat. „Seht ihr", hat er voller Stolz zu uns gesagt, „mir trauen die Leute das gar nicht zu!" und wollte sich totlachen. … Am Sonntag waren Vati und ich mit Karen und Maik in Cattenstedt zum Schützenfest. Maik war am anderen Tag noch so k.o., dass er morgens über dem Tisch voll durchhing und sagte, wären wir doch lieber zu Hause geblieben. … Das Hundewetter scheint kein Ende zu nehmen. Im Garten haben wir die ersten Radieschen geerntet, Vati war voller Stolz, denn er hat so manchen Schweißtropfen im Garten gelassen. Er hat jetzt doch schon mal ein Zipperlein. Vor ein paar Tagen klagte er über sein Bein, dass es ihm wehtäte, worauf Hans gleich bemerkte: „Auch gut, dann kommst du wenigstens nicht auf dumme Gedanken." So hat er auch noch gesagt: „Vater, ein Unglück kommt selten allein, du den Daumen durch und ich Ohrenschmerzen." Der lässt immer welche gucken, der ist zu frech. … Zu Karen sagt er immer „stinkende Ratte", so nimmt das Geheule und Gezeter kein Ende. Mir geht es so einigermaßen, die Grippe hat mich ganz schön umgehauen. So, ich will nun schließen, schreib gleich mal, und wenn es eine Karte ist. Viele liebe Grüße an Euch von Mutti."

Inzwischen wird Lorenz fünfzig Jahre alt und er will dieses Jubiläum feiern, mit Freunden und Verwandten. In der Wohnung wird das größte Zimmer als Feierraum hergerichtet. Es wird gebacken, gekocht und Getränke wurden, wie zu DDR-Zeiten nötig, schon lange vorher gehortet. Sein Geburtstag fällt auf einen Sonntag, alle haben frei und so reist der Strom der Gratulanten an diesem Tag kaum ab. Selbst zu Mitternacht sitzen immer noch Gäste, inzwischen reichlich angetrunken, an der Tafel und feiern mit ihm. Aber Lorenz schaut den ganzen Tag auf seine Uhr und wartet, denn ein ihm sehr wichtiger Gast fehlt noch – sein Bruder. Doch es ist Sonntag und da ist es schwer für Horst, unbemerkt von seiner Frau etwas zu unternehmen. Sieglinde will noch immer keinen Kontakt zu ihrem Schwager. So findet Lorenz kein Ende und feiert und wartet, feiert und wartet immer weiter. Erst eine von Irma heimlich verabreichte Schlaftablette bewirkt bei ihm einen plötzlichen „Sinneswandel" und er zieht sich müde in sein Bett zurück.

Es hat den Anschein, als wüssten sie alle, dass Lorenz seinen letzten Geburtstag feiert, denn am Montagmorgen sitzen sie bereits wieder zusammen „Lefte" feiern. In der Schule jedoch geht alles davon unberührt weiter, die Schüler sitzen an ihren Tischen und warten auf ihren Lehrer. Aber Lorenz hat sich freigenommen, will jetzt und hier sein Leben genießen. Kein Gast wird weggeschickt, jeder ist willkommen. Und erneut holt er sein Akkordeon hervor und spielt die alten und die neuen Titel, sie singen und feiern und alles andere ist in diesem Moment unwichtig und klein. Erst als die letzten Vorräte getilgt sind, löst sich am späten Nachmittag das Fest zögerlich auf und der ganz normale Alltag kommt zurück.

9. Die letzten Tage des Lorenz S.

Auch nach Ende des Krieges ist Lorenz ein politisch interessierter Mensch geblieben, der regelmäßig die Nachrichtensendungen des Ost- und Westfernsehens verfolgt. Er will sich nie wieder ideologisch einseitig verblenden lassen. Die DDR-Führung ist sich schon darüber im Klaren, aus welchen unerwünschten Quellen ihre Bürger mehrheitlich ihre Informationen beziehen. Aber man kann nicht ständig und flächendeckend FDJler zur Antennenausrichtung „Ost" auf die Dächer schicken.

So versucht das Fernsehen der DDR Mitte der sechziger Jahre ihre Nachrichtensendungen etwas interessanter und informativer zu gestalten. Trotzdem bleibt das 1. Deutsche Fernsehen mit seiner „Tageschau" die wichtigste Nachrichtensendung für alle, außer für die Bewohner von Dresden, die durch Empfangsprobleme für den Rest der Republik „im Tal der Ahnungslosen" leben.

Im April 1968 erreichen Bilder vom „Prager Frühling" die ostdeutschen Wohnzimmer und stoßen dort auf reichlich Interesse. Bei den Angehörigen der Staatssicherheit läuten aber die Alarmglocken und eine neue Welle von Überwachung und Bespitzelung überrollt das Land. Zielgruppen sind nach dem tschechoslowakischen Muster Studenten, Angehörige der Intelligenz und auch Künstler. Am 21. August, dem Höhepunkt der Krise, liegen kampfbereite NVA-Divisionen in den Wäldern des Erzgebirges und nur die Erinnerung an den Einmarsch der Wehrmacht 1939 ins Sudetenland hält die Führung der DDR im letzten Moment davon ab, sich am militärischen Einsatz zu beteiligen. Das Problem wird schließlich mithilfe von Truppen des Warschauer Paktes „überzeugend" gelöst. Zurück bleiben in der DDR aber das Misstrauen der Führung gegenüber seinen Bürgern, die Kontrolle und Überwachung durch die Sicherheitsbehörden sowie die Enttäuschung des Volkes, da sich die Hoffnung der Menschen auf eine politische Öffnung des Staates erneut zerschlagen hat.

Es ist im Sommer 1971. Durch die Straßen der Stadt Blankenburg bummelt ein älterer, leicht gebeugter Mann. Ihm sieht man die Last der Jahre an. Er stammt aus Polen und ist auf der Durchreise zu seinen Verwandten. Mit Interesse nimmt er das Flair der alten Fachwerkstadt auf, vergleicht sie mit Quedlinburg und alten polnischen Städten.

Doch plötzlich erstarrt er mitten in der Bewegung, kann nicht fassen, was er wahrnimmt. Auf der anderen Straßenseite steht und unterhält sich ein „alter Bekannter" aus der Zeit des Krieges und der Lager, einer der ehemaligen SS-Offiziere. Der Alte besinnt sich, handelt und kurz darauf ist der Kriegsverbrecher verhaftet.

Aber dieser SS-Offizier ist nicht irgendjemand, sondern arbeitet schon viele Jahre als Schuldirektor in der Nähe von Blankenburg. In der Kreisstelle der Staatssicherheit ist man erschüttert, denn fast 26 Jahre lang hatte dieser Mann eine verantwortungsvolle Stellung in ihrem Kreis gehabt, konnte unerkannt in der Stadt und in der DDR leben. Was, wenn das nicht der einzige Fall war, wenn weitere Personen ihre Angaben zu den Kriegseinsätzen falsch oder unvollständig ausgefüllt hatten? Es gibt also akuten Handlungsbedarf. Da erscheint auf ihrem Tisch eine Arbeitskonzeption des MfS, der Hauptabteilung XX/2 (Verantwortlich für die operative Aufklärung von Nazi-und Kriegsverbrechen) vom 15. Februar 1972.(BStU AR 8/000112 ff.).

Damit macht es sich die Staatssicherheit zur Aufgabe, etwa 20 000 Personen von SD, Gestapo, Polizei- und Sonderverbänden zu ermitteln, herauszufinden, ob diese in der DDR leben, und sie schließlich strafrechtlich zu verfolgen.

Unter dem Kennwort „Konzentration" läuft die Aktion an und liefert die Rechtfertigung für die „Internen Gespräche" mit einem sensiblen Personenkreis aus dem Bereich der Volksbildung im Kreis Wernigerode.

Schloss Stolberg – ehemaliges FDGB-Heim Comenius

Wir schreiben das Jahr 1972.

Lorenz hat im Januar seinen 50. Geburtstag gefeiert und nun, Anfang April, muss er zu einer mehrtägigen Weiterbildung für Direktoren nach Stolberg/Harz. Diese Kurse, die im FDGB-Heim „Comenius" stattfinden, werden stets inhaltlich wie auch organisatorisch perfekt vorbereitet, so dass jeder Teilnehmer gern dabei ist und man sich schon vorher auf ein paar erholsame Tage freut. Es ist stets sowohl eine Woche des Erfahrungsaustausches, als auch des gemütlichen Zusammenseins. Die Einrichtung, die sich im Schloss, einer historischen Kostbarkeit über der Stadt befindet, verfügt neben Schulungs- und Gasträumen auch über eine gemütliche Bar, dessen Ambiente Lorenz besonders anspricht. Wenn zur Nachtbar dann noch eine junge, hübsche Bardame gehört, mit der man sich gut unterhalten kann, ist er fast wunschlos glücklich. Seine Schwäche für Frauen hat er noch immer nicht abgelegt. Aber am letzten Abend hat die Schöne eine Botschaft der besonderen Art für ihn: „Im Nebenzimmer warten zwei gute Bekannte, die dich unbedingt mal sprechen müssen!" Lorenz geht ahnungslos ins Nebenzimmer. Dort sitzen zwei Herren der Betriebsleitung des VEB Polygraf aus Nordhausen, die im selben FDGB-Heim „Comenius" ihr jährliches Kollektivvergnügen haben. Mit ihnen hatte Lorenz schon am Tag zuvor heftige Kontroversen, natürlich nach reichlichem Alkoholkonsum. „Ich muss dich unbedingt mal unter vier Augen sprechen", erklärt Walter K. ihm mit Nachdruck, während sein Kollege die Bar verlässt. Und dann stellt er seine Fragen. Er will alles wissen über seinen Kriegseinsatz, seine Westverwandten und die Kontakte zu ihnen. Er fragt ihn nach den Telefonnummern, die auf seinem West-Feuerzeug stehen und nach Verbindungen, die er sonst nach „Drüben" hat. Walter K. will auch wissen, was er mit VW zu tun hatte. Er hat sehr viele Fragen, er forscht in seinem Leben, sucht nach seinen dunklen, verschwiegenen Seiten. Mehr als für seine Antworten interessiert er sich für seine Reaktionen. Während Lorenz antwortet, grübelt er angestrengt, welche Hintergründe dieses Verhör haben könnte, und spielt die aufkommende Angst noch geschickt herunter, bleibt nach außen freundlich und offen. So verstärkt der Betriebsleiter seinen Druck und geht zu offenen Drohungen über, versucht ihn weiter einzuschüchtern, treibt ihn in die Enge: „Wir werden dich auch weiterhin beobachten. Es gibt heute schon genügend Mittel, dich unter Kontrolle zu halten! Ohne dass du es merkst, spritzen wir dir Krebszellen und du gehst elendig zugrunde! Vergiss nicht, wir haben überall unsere Leute, wir wissen mehr, als du denkst!".

Das Gespräch beendet er mit dem Vorwurf: „Du bist ein Arbeiterverräter!" Lorenz verlässt daraufhin fassungslos den Raum.

Vor ihm liegt eine schlaflose Nacht, in der er das Erlebte wieder und wieder durchgeht. Er muss aber auch ständig an den Schulleiter denken, der erst vor ein paar Monaten auf offener Straße verhaftet wurde, weil ein Pole ihn als ehemaligen SS-Mann wiedererkannt hatte. Von einem Tag zum anderen war er aus ihrem Blickfeld verschwunden, hatten sie nie wieder von ihm gehört. Lorenz kennt die genaueren Zusammenhänge nur deshalb, weil sein Cousin in Blankenburg bei der Polizei arbeitet, doch offiziell wurde keine Erklärung dazu abgegeben. So kreisen seine Gedanken immer wieder um das Gespräch, die Drohungen und den verhafteten Kollegen. Erst im Morgengrauen findet sein Körper etwas Schlaf, aus dem er schweißgebadet wieder aufschreckt. Wieder hatte er geträumt, sah sich als junger Soldat in der Dunkelheit auf den Steilhängen von Sewastopol herumirren, Leuchtkugeln erhellen für Sekunden den Nachthimmel, erhellen die Klippen. Er steht direkt am Klippenrand, einen Schritt weiter und er fällt, wie alle neben ihm. Schreiend schmeißt er sich nach hinten und erwacht dabei.

Mit dem Schlaf ist es vorbei, also steht er auf, wäscht und rasiert sich, wie jeden Morgen, aber das Gefühl der „Neugeburt" bleibt ihm heute verwehrt. Ein Spaziergang soll ihm helfen, den Kopf frei zu bekommen und die Gedanken wegzutragen.

Draußen ist es noch ungemütlich feucht und kalt, aber anstelle von Klarheit stellen sich ungute Bauchgefühle ein. Wird er etwa beobachtet oder verfolgt? Er dreht sich um, horcht, sieht sich die Umgebung genauer an, aber alles bleibt still. Und schon drehen sich seine Gedanken wieder um das nächtliche Gespräch mit den zwei Männern. Es ist besser, wenn er ins Hotel zurückgeht. Vielleicht kann er Ablenkung im Gespräch mit den anderen finden?

Zurückgekommen, fühlt er sich zwischen den aufgekratzten Kollegen eher einsam und durch ihre kollektive Fröhlichkeit ausgegrenzt. Ihre Geschäftigkeit lähmt ihn. So verlässt er die Veranstaltung vorzeitig und macht sich zu Fuß auf den Heimweg. Nichts kann ihn nun aufhalten.

Vor ihm liegen 43 km, also mehr als 8 Stunden Weg. Er läuft quer durch den Harz, um nach Hause zu kommen. Er kennt sich hier aus, sucht die kürzeste Strecke und läuft ohne zu rasten oder zu ruhen. Körperlich völlig erschöpft, trifft er am späten Nachmittag bei seiner Familie ein, aber seine Nerven konnte der Lauf nicht beruhigen. Immer wieder bewegen sie sich um das nächtliche Ereignis. Was Lorenz zu diesem Zeitpunkt nicht weiß, und auch nie erfahren wird, er ist nicht der Einzige, der bei dieser Veranstaltung ein solch „internes Gespräch" hatte (siehe Nachbemerkungen).

„Ich muss dir dringend etwas sehr Wichtiges erzählen," beginnt er, kaum angekommen, seinen Bericht und Irma hört zu, fragt nach und ist irritiert. Was soll sie von all dem halten? Hat ihr Mann den Verstand verloren? Aber sie spürt auch seine Angst, die ihn plötzlich überwältigt hat. Der Abend vergeht ohne weitere Zwischenfälle, doch in der Nacht wacht Lorenz wieder schweißgebadet auf. Erneut quälen ihn seine Albträume, wieder fühlt er sich beobachtet. Er beginnt zu warten, dass sie ihn holen kommen. Den ganzen Sonntag über findet er keine Ruhe und in der Nacht sucht er vergebens Erholung.

So fasst er in der Nacht zum Montag einen Entschluss. Als der Morgen graut, steht Lorenz auf, beginnt den Tag mit Waschen und Rasieren und fühlt sich wirklich für kurze Zeit etwas besser. Es ist wieder ein kleines Stück wie im Krieg, wenn sie nach Wochen im Dreck endlich unter einer heißen Dusche alles von sich abspülen konnten. Doch heute ist dieses Hochgefühl anders, es ist endgültiger. Er kleidet sich sorgfältig an und geht nach einem Kaffee und einer Zigarette hinüber zur Schule. Dort schaut er zur Uhr und weiß, dass es noch einiges zu regeln gibt. Zielstrebig und mit stoischer Ruhe fängt er an, Unterlagen zu sortieren, Persönliches von Dienstlichem zu trennen und am entsprechenden Bestimmungsort zu lagern. Lorenz macht Inventur, äußerlich mit seiner Arbeit, innerlich mit seinem Leben. Immer wieder wirft er dabei einen Blick auf die Schuluhr im Lehrerzimmer, die mit ihrem Klingelton den Schultag regelt und immer wieder geht er ans Waschbecken und wäscht sich die Hände, gründlich, bedächtig. Und dabei fortwährendes Warten.

Der Unterricht ist vorbei und um15 Uhr treffen sie sich wieder zum Parteilehrjahr. Auch Lorenz sitzt an seinem Platz, lässt das Thema über sich ergehen und keiner merkt, was in ihm vorgeht. Doch dann, kurz vor 17 Uhr sieht Lorenz auf seine Armbanduhr, lockert das Armband über seiner Einschussnarbe und steht darauf mit den Worten auf:

„So, jetzt ist es an der Zeit!", nimmt die letzten persönlichen Sachen an sich und geht. Die Kollegen sehen sich erst fassungslos an, dann blicken sie ihrem Schulleiter hinterher. Alles ist nun geregelt, er wird zu Haus weiter auf „sie" warten. Es vergeht eine weitere Stunde und nichts passiert. Also fasst er erneut einen Beschluss, setzt sich an seinen Schreibtisch und schreibt seinen letzten Brief:

Abschrift vom 17.04.1972

Liebe Irma! Liebe Kinder!
Liebe Mutter und Ihr alle!

Es geht oft seltsam im Leben zu. Ich versuche selbst, es zu begreifen. Ich muss Euch verlassen, mehr kann ich nicht sagen!
Gern geht man mit 50 Jahren nicht.
Ich hoffe und wünsche von ganzem Herzen,
daß Ihr Euren Weg ohne mich gehen könnt,
daß Ihr Euer Leben leben könnt.

Was noch wichtig an Papieren ist, Du weißt
wo es liegt (Versicherung, Sparbuch). Was
ich von der Schule zu Hause hatte, habe ich
zurückgebracht.

Lebt alle wohl,
Euer unglücklicher Vater!

Er legt den Abschiedsbrief zu den anderen persönlichen Unterlagen, wozu auch das Kriegstagebuch gehört.

Es ist gegen 18 Uhr. Lorenz begibt sich in den Schuppen, sucht sich ein starkes Seil, steigt eine Leiter hinauf und befestigt das Seil an einem der tragenden Balken. Aber der Versuch, sich das Leben zu nehmen, scheitert. Das Seil reist und auch der zweite und dritte Versuch misslingt.

Um 18.30 Uhr klopft Irma aufgeregt bei den verwunderten Nachbarn an und fragt nach Lorenz. Diese können ihr nur von seinem seltsamen Abgang vom Parteilehrjahr erzählen. So geht Irma in die Wohnung zurück, wartet, findet dennoch keine Ruhe.

Inzwischen ist Lorenz wieder in seiner Werkstatt. Schmutzig, zerzaust, mit leerem Blick schneidet er sich nun das Elektrokabel zu und wird dabei von Irma überrascht, die ihn zur Abendmahlzeit holen will. Fragend sieht sie ihren Mann an, wie er vorgebeugt an der Werkbank steht, die sonst so sorgfältig nach hinten gekämmten Haare fallen ihm wild ins Gesicht. „Ich komme gleich!", flüstert er ihr heiser zu und Irma geht fröstelnd in die Küche zurück und wartet.

Aber Lorenz kommt nicht und ist auch nicht mehr in der Werkstatt. So schickt sie die 12-jährige Tochter los, so wie sie es immer tut, um den Vater zu suchen. Aber Lorenz kann nicht gefunden werden. Gegen 19 Uhr bittet Irma einen Bekannten, im Schuppen nach Lorenz zu suchen. Nach kurzer Zeit ist er zurück mit einer Schreckensmeldung: „Lorenz ist tot."

„Endlich ist nun Ruhe!", kommentiert die Zwölfjährige den grausigen Fund und geht mit den Nachbarskindern die Treppe hinauf zum Schlafen, weg von den Problemen, weg von der Angst, auf der Suche nach Ruhe und Geborgenheit.

Unten beginnt jedoch das für solche Fälle übliche Szenario. Es ist Schwerstarbeit, den Körper vom Kabel zu lösen und in die Wohnung zu transportieren.

Jede Hilfe kommt zu spät. Lorenz ist tot. Drei zerrissene Seile liegen im Schuppen auf dem Boden und erst mit dem Elektrokabel konnte er seinem Leben ein Ende setzen.

Wie viel Verzweiflung war in ihm, dass er mehr Mut zum Sterben als zum Leben hatte?

10. Das Leben danach

Irma findet nach dem Suizid ihres Mannes einfach keine Ruhe. Immer wieder wird sie von den Bildern jenes Abends verfolgt und immer wieder hat sie das Gefühl, sich für alles Geschehene entschuldigen zu müssen, da sie es nicht verhindern konnte. So versucht sie sich ihre Nöte einfach von der Seele zu reden, erzählt allen und jedem die Geschichte, beginnend mit der Tagung in Stolberg. Jedes Mal erhebt sie in ihren Erzählungen Vorwürfe gegen die Staatssicherheit. So dauert es nicht lange, bis sie eine Einladung nach Wernigerode zur „Kriminalpolizei" erhält. Irma hofft nun endlich Antworten auf ihre Fragen zu erhalten, was in Stolberg tatsächlich vorgegangen ist. In einem Brief beschreibt sie der Tochter den Ablauf dieser Vernehmung:

„Liebe Suse, Vati hat uns was angetan, was er nie wieder gut machen könnte. Gestern hat mich wieder die Kripo nach Wernigerode abgeholt. Ein Beamter der Bezirksbehörde hat mich 8 Stunden ohne Unterbrechung verhört. Opa und Tante Dorothea haben schon gezittert vor Angst, wo ich bleibe. Als ich abends um 19 Uhr (von morgens an) aus dem Auto stieg, sah ich aus wie eine Leiche. Ich habe dann auch noch aus Versehen ein Bild von Vati gesehen, als er nun so am Strick aufgehängt hing, ich habe geschrieben, ich habe gedacht, ich werde wahnsinnig. Ich weiß nicht, wie lange ich das verkrafte. Es war ein fürchterliches Bild. Ich habe mich so entsetzt. Wie konnte Vati uns, seinen Kindern, die sein ganzes Glück waren, das antun? Und bei diesem Verhör wurde nur schmutzige Wäsche gewaschen, drei Stunden über sein Sexualleben. Ob er nicht anders geraten sei? Du kannst es dir nicht vorstellen, zuletzt hatte ich das Gefühl, ich wäre der Mörder und hätte Vati selbst in die Schlinge gehängt. Ob ich Vati nicht mal geschlagen hätte? Stell dir das mal bildlich vor! Ob ich nicht doch Liebhaber gehabt hätte. Ich sollte doch mal ehrlich sein. Ach, ich weiß nicht, was alles noch. Wenn Maik und Karen nicht wären, ich hätte schon sonst was getan. Wer soll diese wahnsinnigen nervlichen Belastungen aushalten. Auch so, ob er sich an euch vergriffen hätte. Ich habe mich zusammengerissen, um kein unnützes Theater zu machen, aber wie lange reicht die Kraft noch. Also von Krankheit wollten sie nichts wissen. Und der Dr. Liebig, dieser Schweinehund, hat noch gesagt, Vati sei kerngesund gewesen. In der fraglichen Nacht hat er zu mir gesagt: ,Ihr Mann, Frau S., war ein schwerkranker Mann!'. Aber der will sich reinwaschen, denn ich bin doch morgens zur Schwester gerannt und hab gesagt, dass Vati krank ist. Wie kann ein Mann gesund sein, wenn er den ganzen Tag zittert, verstört ist und dummes Zeug redet? Also Susanne, in mir sieht es aus! Aber ich muss versuchen, es zu verkraften, denn das Leben ist nun mal so hässlich. Na, dann bis Pfingsten! Viele liebe Grüße eure Mutti!"

Die Herren stellen ihr also in Wernigerode ihre Fragen zum Selbstmordabend, wo sie gewesen wäre, ob sie nichts mitbekommen hätte, oder ob ihr Lorenz' Pläne bekannt waren! Sie hätte ihren Mann doch durchschauen müssen. Nun ist es an Irma mit diesem Trommelfeuer aus Vorwürfen und Fragen zurechtzukommen, das 8 Stunden voll auf sie einprasselt, ohne dass sie eine Gelegenheit zum Essen oder Trinken erhält. Nun fühlt auch sie sich in die Enge getrieben und schreit schließlich auf, ob man glaube, dass sie ihren Mann aufgehängt hätte. Nun ist Zeit für eine Beruhigungspause und die zwei Männer verlassen das Zimmer. Irma bleibt zurück. Allein im Raum bemüht sie sich ihre Fassung wieder zurückzugewinnen. Da fällt ihr Blick auf den Schreibtisch mit den zwei A4-Blättern, die einer der Männer während der Unterredung immer wieder betrachtet hatte. Sie müssen für den Fall „Lorenz S." wichtig sein, also steht sie vorsichtig auf, greift nach den Blättern und dreht sie um. Sofort beim ersten Anblick weicht ihr alle Farbe aus dem Gesicht und sie stößt einen gellenden Schrei aus. Es sind diese am Abend des Suizids aufgenommenen Fotos von Lorenz. Durch Irmas Schrei alarmiert, stürzen beide Mitarbeiter sofort wieder in das Zimmer und warten, bis sie sich wieder beruhigt hat. Die Bilder haben die beabsichtigte Wirkung erreicht, denn nun sitzt sie verzweifelt und kleinlaut vor ihnen. Also kommt man zum Ende des Szenarios und schließt das Verhör mit der Drohung ab, dass Irma weitere Beschuldigungen gegen die Staatssicherheit zu unterlassen habe, sonst sei man zu anderen Maßnahmen gezwungen.

Gedemütigt und verschreckt kommt sie in ihr Dorf zurück, mit dem Wissen, dass nichts was sie tut, unbeobachtet bleibt. Sie fühlt Verzweiflung und eine tiefe, nie gekannte Einsamkeit. Der Kreis derer, die als Informanten in Frage kommen, ist nicht groß, aber wen kann oder darf sie denn verdächtigen? So zieht sie sich in ihren kleinen Bekanntenkreis zurück und nimmt mehr denn je die Unterstützung ihrer Schwester Dorothea in Anspruch.

Auch die große Tochter ist durch die Begebenheiten des Selbstmordes verunsichert, findet keine schlüssige Erklärung dafür und schränkt schließlich ihre gesellschaftlichen Tätigkeiten ein. Seit gut drei Jahren ist sie als Abgeordnete in der Kommission „Straßenbau, Verkehr und Wasserwirtschaft" eingebunden und fühlt sich von Anfang an als Fehlbesetzung. So legt sie nun, von sich aus, das Mandat nieder, nimmt an keiner Sitzung des Kreistages mehr teil und wartet auf Reaktionen.

Es ist 1973 und die nächste Kreistagswahl wird vorbereitet. Während einer Freistunde bereitet Suse die Experimente für die nächste Physikstunde vor und begibt sich anschließend in das Lehrerzimmer. Enttäuscht stellt sie fest, dass sie allein im Raum ist und geht zur Tafel mit dem Vertretungsplan für den nächsten Tag. Da nimmt sie durch die Tür zum Stellvertreterzimmer ein Gespräch wahr: fremde Stimmen und ihr Name fällt. Ihre Neugier ist geweckt und sie lauscht. Man informiert sich nach ihrer politischen Haltung, nach ihrer Arbeit als Lehrerin und nach ihrem Privatleben. Doch dann kommt das Klingelzeichen, die Kollegen strömen ins Lehrerzimmer und schlagartig ist es mit der Ruhe vorbei. Suse ist froh, dass sie die einzige Zeugin der Unterhaltung im Nebenzimmer wurde.

Erst am späten Nachmittag kommt sie abgekämpft nach Hause angeradelt, den Einkauf in Netzen und Beuteln verstaut, das Kind mit vorn auf dem Rad. Sie wird schon erwartet, von zwei Herren in gepflegten hellgrauen Anzügen und mit einem schiefen Lächeln im Gesicht. Sie eröffnen auch gleich das Gespräch, erläutern, dass es um die nächste Kreistagswahl geht und wollen wissen, warum sie an den letzten Sitzungen nicht teilgenommen hat. „Gibt es dafür einen konkreten Grund?", erkundigen sie sich. Sie erzählt vom ungeklärten Suizid ihres Vaters, von seinen gesellschaftlichen Aktivitäten im Dorf und, dass sie noch immer keine Antworten auf folgende Fragen hat: „Was genau ist damals in Stolberg passiert?" und „Warum kam keine Person von Partei oder Staat zur Beerdigung?". Die Herren versprechen sich zu kümmern und wollen Informationen aus Wernigerode holen. Suse glaubt, vertraut und wartet. Wochen vergehen ohne jede Rückmeldung. Doch dann stehen sie eines Tages mit ihrer Antwort vor der Tür. Das schiefe Lächeln ist verschwunden, ersetzt durch kühle Sachlichkeit. Die Antwort fällt kurz aus, zu kurz um glaubhaft zu sein: „Dein Vater hat sich wegen der Untreue deiner Mutter das Leben genommen!". Darauf ist Suse nicht gefasst, sieht die zwei Überbringer der Nachricht ungläubig und zweifelnd an und verzichtet auf weitere Fragen. Deren letzte Botschaft bezieht sich noch auf die Kandidatur von Suse im Kreistag, wo man nun in der neuen Legislaturperiode auf sie verzichten will.

Die Herren gehen und die Schuldzuweisung an die Mutter ist ihre Hinterlassenschaft für die gesamte Familie.

In den folgenden Jahren zeigt sich am Lebenslauf der Kinder von Irma und Lorenz S, wie sehr das gestörte Familienleben von einst ihre Biografien prägte.

„Mutti, du bist doch harmoniesüchtig!", schrie eines Tages die jüngste Tochter von Suse auf und fasste damit das gesamte Problem ihrer Mutter in einem Satz zusammen. Geprägt von den ständigen Auseinandersetzungen ihrer Eltern, lautete ihr oberster Grundsatz stets „Geh allen Konflikten möglichst aus dem Weg!". Wurden ihr die Probleme zu massiv, verstummte sie völlig, war nicht mehr in der Lage, ihren Standpunkt zu vertreten. Das bezog sich sowohl auf ihre berufliche Tätigkeit, als auch auf ihre privaten Angelegenheiten. Forderungen an andere Personen zur Erfüllung ihrer eigenen Wünsche kamen ihr kaum in den Sinn und so ging sie oft Kompromisse ein, die eigentlich überhaupt nicht in ihrem Interesse lagen. Noch während des Studiums heiratete sie und ließ sich von nun an durch ihren Mann fremdbestimmen. Er „wusste", was sie wollte und was gut für sie war. Andererseits wünschte er sich aber auch eine mündige Frau, die mit beiden Beinen im Leben steht. Dies und die Unterstützung durch ihre beiden selbstbewussten Töchter, gaben ihr die Chance, konfliktfähiger zu werden. Aber eine normale Streitkultur wird für sie wohl immer ein Problem bleiben.

Hans, der ältere Sohn, ist seit nunmehr fast 60 Jahren auf der Suche nach Geborgenheit und lebt mit der Angst vor festen Bindungen. Mehrere Beziehungen sind spätestens dann gescheitert, wenn die Partnerin über Hochzeitskleider nachdachte. Noch immer hat er seine eigene kleine Wohnung, seinen Rückzugsort für Krisenzeiten. Kommt sein Geburtstag heran, wird er immer unruhiger, hat regelrecht Angst vor diesem Tag. Fällt dann ein falsches Wort, brennen bei ihm schlagartig die Sicherungen durch, was bedeutet: Tasche packen, abreisen, abtauchen! Noch immer verbindet er seinen Geburtstag mit dem Todestag des Vaters und nur durch die geduldige Zuwendung seiner Partnerin konnte er in den letzten Jahren diesen Tag meistern. Bis heute fällt es ihm schwer, ohne Verbitterung an seine Mutter zu denken, weil er sie für vieles, was in seinem Leben ungünstig gelaufen ist, verantwortlich macht. In Anbetracht der Zerstörung durch Krieg, Bombennächte, Hunger, Fehlgeburten und auch durch die körperliche Gewalt und Untreue ihres Mannes, ist es da nicht an der Zeit, ihr zu vergeben, um selbst frei nach vorn blicken zu können?
Nachtrag: Hans verstarb im Sommer 2019 im Alter von 67 Jahren. Inzwischen konnte er ohne die einstige Verbitterung an seine Mutter denken.

Karen lebt noch heute im Harz, in einem Ort, der kaum kleiner sein kann. Es ist, als ob sie sich dort zwischen den Harzbergen vor der Welt verstecken will. Je weniger Menschen sie an sich heranlässt, desto geringer ist die Möglichkeit, von anderen enttäuscht oder verletzt zu werden. Ihr ganzer Halt ist ihre kleine Familie, ihr Mann und die Tochter im fernen Mainz. Bis zum heutigen Tag hat Karen ihrem Vater sein Verhalten, vor allem gegenüber ihrer Mutter, und seinen Selbstmord nicht verzeihen können. Sie weiß, dass sie sich mit ihm aussöhnen muss, für sich, für ihre Tochter und auch für ihre Enkelkinder, denn das Leben gibt auch unsere Defizite an die nächsten Generationen weiter. Und wir haben doch wohl genug gelitten.

Nach dem Tod des Vaters wächst Maik, von Ehestreitigkeiten verschont, zusammen mit seiner Schwester Karen recht ruhig auf. Als auch Karen nach dem Abitur studiert, wird es sehr still in der großen Wohnung, die einst Lebensraum für mindestens fünf Personen war. Mit seinen goldenen Händen, die er von Lorenz geerbt hat, bastelt und baut er, als ob es das natürlichste auf der Welt sei. Was ihm fehlt, ist der Vater, der vielleicht seinem Jüngsten geraten hätte, sich nicht nur ein Moped, sondern auch einen Schutzhelm zu kaufen. Aber das Geld von der Jugendweihe hatte dazu nicht mehr gereicht.

Lange geplant und behördlich genehmigt, macht sich Irma im Sommer 1985 auf den Weg nach Hannover um die Freundin Gertrud zu besuchen. Aber diesmal will sich bei ihr keine rechte Vorfreude einstellen, denn je näher sie der innerdeutschen Grenze kommt, umso unruhiger wird sie. Plötzlich überwältigt sie das Gefühl, dass mit Maik irgendetwas nicht stimmt, Panik macht sich in ihr breit. Kurzentschlossen steigt sie am letzten Haltepunkt innerhalb der DDR wieder aus dem Zug und fährt zurück. Aber da ringen die Ärzte schon um sein junges Leben und als sie zu Hause ankommt, ist Maik tot. Zusammen mit seinem besten

Freund war er auf dem Moped unterwegs und mit einem landwirtschaftlichen Fahrzeug kollidiert.

Irma auf Reisen

Von nun an lebt Irma bis zu ihrem Tod allein in der riesigen Wohnung. Oft verreist sie, um der Einsamkeit zu entrinnen und noch immer hat sie ihren „Liebhaber" aus der Nachbarschaft, wo sie Zuwendung und Trost findet. Aber mit dem Tod ihres Freundes erlischt dann auch ihr Lebenswille. Oft geisterte sie verwirrt und hilflos durch den Ort, der ihr erst spät zur Heimat wurde und stirbt im Alter von nur 67 Jahren.

Heimat ist nur da, wo auch die Seele wohnt.

11. Reflexion

Wer oder was war für das vorzeitige Ableben des Lorenz S. verantwortlich? Was hat ihn in den Tod getrieben? Warum war er nie in der Lage, dieses zweite Leben, das ihm durch die glückliche Heimkehr aus einem mörderischen Krieg geschenkt worden ist, erfolgreich zu meistern? Hat ihn das im Krieg Erlebte nie mehr loslassen können?

In ihrem Buch „Ich krieg mich nicht mehr unter Kontrolle" lässt Ute Susanne Werner Soldaten ihren Einsatz im Rahmen der Nato schildern und geht dann auch auf „das Leben danach" ein. Alle Soldaten beschreiben die ungeheure, ununterbrochene Anspannung in den Tagen des Einsatzes und ein völliges Gefühl der Leere, wenn sie wieder in die Heimat zurückgekehrt sind. Alle Anspannung fällt plötzlich von ihnen ab, die Probleme des Alltags erscheinen vollkommen banal und unwichtig und auch selbst wissen sie nichts mit sich anzufangen. Sie fühlen sich ausrangiert, überflüssig, hohl. Sie haben bildlich gesprochen mit ihrem Leben eine Vollbremsung gemacht, und es geht ihnen genauso, wie sich ein Auto in diesem Moment nach den Gesetzten der Physik verhält. Es kann einfach gar nicht stehen bleiben, es überschlägt sich, bricht aus der Spur aus.

Beim Soldaten trifft das auf die zwischenmenschlichen Beziehungen zu. Es gelingt ihm in großem Maße nicht, diese stabil zu halten. Er fühlt sich unverstanden, weil keiner außer ihm so viel Schlimmes sehen, fühlen, hören und ertragen musste. Mit viel Geduld von beiden Seiten kann diese Krise aber überwunden werden. Aber sobald er glaubt, es geschafft zu haben, kommen die traumatisierenden Bilder und Erinnerungen zurück an die Oberfläche. „Der Film in meinem Kopf spulte ab. Und ich konnte es nicht steuern," sagt einer der Heimkehrer im oben erwähnten Buch. Diese Bilder erscheinen am Tag als Flashbacks oder im Schlaf als Albträume. Schlafstörungen stellen sich ein und unkontrollierte Aggression dienen als Ventil für den inneren seelischen Druck, der einen Ausgleich sucht. Und die Person, die als Blitzableiter dient, geht meist auf Abstand aus einem ganz normalen Schutzbedürfnis heraus. So schafft der Heimkehrer um sich eine Atmosphäre der Entfremdung. Einsamkeit macht sich um ihn breit.

Er, der sich während seines Einsatzes so sehr nach Frieden, Ruhe, Familie, nach einem ganz normalen Leben gesehnt hat, findet keinen Zugang zu den normalen Alltäglichkeiten. In ihm schreit alles nach Aktivität, nach extremer Belastung. Und so beginnt er ruhe- und rastlos Projekte in Angriff zu nehmen und hebt damit für eine bestimmte Zeit wieder seinen Adrenalinspiegel. Doch dann ist der Schuppen gebaut, das Haus renoviert, die Projekte sind vorerst erschöpft und damit kommt die Leere zurück. Und so pendelt der Betroffene Monate und Jahre nach seinem Einsatz von einem Tief zum nächsten, bleibt meist unterfordert und füllt die entstandene Leere oft mit Drogen oder Alkohol aus.

Mit den Jahren veränderte sich aber die Einstellung der Gesellschaft zum Krieg, dessen Zielen und Methoden. Selbst aufgewachsen in dem Glauben an einen „ehrenvollen Einsatz, an die bitter notwendige Eroberung von Land und Gut im Osten, an die deutsche Herrenrasse, usw." und bejubelt in den Krieg geschickt, müssen sie erst durch die Hölle gehen, um später zu erfahren, dass dieser Krieg ein ungerechter war. Und sie erfassen nach und nach ihren Anteil an einer

Maschinerie des Raubes, Mordens und Brandschatzens. Die einst so strahlenden Helden verlieren ihren Glanz und tauschen ihn gegen das Blut ihrer Opfer ein, das nun wie Pech an ihnen klebt. Sie erinnern sich wieder an die bösen Blicke der einheimischen Bevölkerung, an die Art, wie mit ihnen umgegangen wurde, und auch die Gefallenen und die Toten des einstigen Feindes nehmen sie nun wahr. Und langsam verändert sich damit ihre Sichtweise auf ihre Rolle in diesem Krieg. Schuldgefühle treten hervor, Angst, zur Verantwortung gezogen zu werden. Die Betroffenen beginnen sich verfolgt zu fühlen, sehen überall Fallen, Beobachter, Überwachung und schließlich steigern sie sich in einen regelrechten Verfolgungswahn hinein. Nun reicht ein nichtalltägliches Ereignis aus, und alle Zweifel, Ängste und Schuldgefühle brechen übermächtig über sie herein und lassen sie nur noch die eine Lösung sehen: Suizid. Jeder Mut zum Weiterleben ist ihnen abhandengekommen.

Die Historikerin Dr. Svenja Goltermann schreibt in ihrem Buch „Die Gesellschaft der Überlebenden: Deutsche Kriegsheimkehrer und ihre Gewalterfahrungen im Zweiten Weltkrieg" auf Seite 429: „Die Enttäuschung des bisherigen Selbstideals und die totale Entwertung des eigenen Lebens belasten den emotionalen Haushalt auch solcher Menschen, die einen Ausweg aus der sozialen Misere nach dem Krieg im Familienkreis oder mit Nachbarschaftshilfe suchten." Auf Seite 71 fährt Sie fort: „Eine solche Verfolgungsangst war in der Nachkriegszeit häufig. ... Die Angst, verfolgt, bespitzelt, denunziert oder abgeholt zu werden, ergriff ... nicht nur Einzelne."

Aber auch durch persönliche Gespräche und aus Foren im Internet ist mir bekannt, dass Lorenz S. nicht der einzige Heimkehrer war, den seine Kriegserlebnisse nicht zur Ruhe kommen ließen. Bereits nach dem Ersten Weltkrieg waren es Teilnehmer an den Materialschlachten, die regelrecht ihren Verstand verloren und in Anstalten, teilweise oft ohne das Wissen der Angehörigen, dahinvegetierten. Und wie war das in den Schlachten des Zweiten Weltkrieges, wenn die russischen Stalinorgeln stundenlanges Trommelfeuer auf die deutschen Stellungen abfeuerten, das mit seinem „juie, juie" auch in den Träumen noch jeden ängstigte? Das waren die Materialschlachten der nächsthöheren Dimension.

Viele Heimkehrer konnten nie über ihre Kriegserlebnisse reden. Auch Lorenz schloss aus seinen Erzählungen ganze Bereiche völlig aus – auch seinen Bruder Hans. Beinahe unser ganzes Wissen über den jüngeren Bruder stammt von anderen Personen. Bei solchen Berichten stand er dabei, schwieg, mit einem stillen, traurigen Lächeln im Gesicht.

So redete er aber auch nicht über die Ereignisse bis zur Gefangenschaft (wahrscheinlich) im April 1945, wobei auch in den Archiven der Wehrmacht keine verwertbaren Angaben zu finden sind. Es ist, als ob er in diesem einem Jahr gar nicht existiert hat, was natürlich für Spekulationen viel Freiraum zulässt. Bedeutet das „Wir haben uns im Wesentlichen bis nach Deutschland durchgeschlagen", dass sie sich von der Truppe abgesetzt hatten? Oder, dass sie mit anderen Verbänden von Rumänien bis nach Österreich kämpfend sich zurückzogen, wobei die Front ihnen stetig auf den Fersen folgte? Beide Varianten bedeuteten für die Männer Gefahren, Kämpfe, Verwundungen, Tod. Der Frieden war noch weit von ihnen entfernt.

12. Nachbemerkungen

Werner W., **Jahrgang 1920**, ist im Kreis Wernigerode für die Weiterbildung der Unterstufenlehrer verantwortlich, wodurch er viel im Harz und in der Umgebung unterwegs ist. So ist er im April 1972 auch bei der Fortbildung in Stolberg dabei, wo diese „internen Gespräche" mit verschiedenen Mitarbeitern und Schuldirektoren geführt werden. Er gilt bei allen als freundlicher, aufgeschlossener Mensch. Durch seine Tätigkeit hat er es mit einem großen Personenkreis zu tun; er ist bekannt und viele der Kollegen kennt persönlich er recht gut. Dazu gehört auch Frau J., mit der er sich vor den Veranstaltungen regelmäßig und ausführlich unterhält. Eigentlich kennt er ihren Mann noch von früher und so wurde die Bekanntschaft auf sie übertragen.

Doch dann, im Frühjahr 1972, nach der Stolberg-Tagung, müssen die Weiterbildungen von Werner W. wegen Krankheit abgesagt werden. Seine Nerven spielen nicht mehr mit, Herr W. findet keine Ruhe mehr. In Blankenburg im Thie-Krankenhaus versuchen die Ärzte ihm zu helfen, wie sie schon oft zuvor Lorenz zu helfen versuchten. Dann scheint es, dass Werner W. sich stabilisiert hat, wie es die Gesellschaft auch von ihm erwartet.

Drei Jahre später, Ende Juli 1975, bei einem seiner Spaziergänge durch die Stadt, begegnet ihm Frau J. Er nimmt sie jedoch überhaupt nicht wahr, guckt durch sie mit leerem Blick regelrecht hindurch. Natürlich ist sie erschüttert, hatte sie sich doch schon auf ein nettes Gespräch mit ihm eingestellt.

Zwei Tage später, es ist wieder Spaziergangzeit, wählt Werner W. den direkten Weg zum Tummelplatz, löst einen Busfahrschein und steigt kurze Zeit später in die Linie Ziegenkopf/ Hüttenrode/ Rübeland ein. Er wählt einen ruhigen Platz in den hinteren Reihen und macht auf alle einen ganz normalen Eindruck. Der Bus hält an der Station Ziegenkopf und Herr W. steigt in aller Ruhe aus.

Langsam geht er zwischen den Buchen den kurzen Weg zum Aussichtsturm, löst ein Besucherticket und steigt gemächlich den Turm hinauf. Nach einem kurzen Blick über die Wälder des Harzes schließt Werner W. langsam die Augen und lässt sich nach vorn in die Tiefe fallen.

Auch er hatte die Ewigkeit gewählt, auf eine kurze, endgültige Weise.

*

Friedrich G., Jahrgang 1921, ist an seiner Schule ein beliebter Lehrer, der sich für seine Schüler einsetzt, regelmäßig Klassenfahrten organisiert. Zu ihm haben die Schüler Vertrauen. Heute sagen wir, er war politisch aufgeschlossen, denn er informierte sich auf allen Kanälen über die aktuelle politische Situation, ließ sich nicht bevormunden. 1975 ist er damit schon ein Unbequemer und muss sich deshalb öfter rechtfertigen. Aber Friedrich G. hat eine Schwäche: die fast erwachsenen Mädchen. Seine Schüler kennen diese Schwäche und nutzen sie auch regelmäßig aus, z. B. wenn der Literaturstoff nicht gelesen wurde. Dann wird das fraulichste Mädchen in die erste Reihe gesetzt und einer der Jungen stellt völlig harmlos eine Frage zu „Früher", wie irgendetwas damals war. Und Friedrich, verplaudert sich, plötzlich ist die Stunde um und alle sind gerettet.

Doch dann, 1975, ist alles schlagartig vorbei. „Friedel"
soll sich erneut rechtfertigen, aber auch seine Kraft reicht
dazu nicht mehr aus. So geht auch er den Weg des Lorenz S.

*

**Abschrift des Abschlussberichts der Bezirksverwaltung für
Staatssicherheit Magdeburg vom 21.07.1972 zum unnatürlichen Todesfall eines Schulleiters S. (in Auszügen)**

„Die Tatortuntersuchung wurde durch die Abteilung K des
VPKA Wernigerode vorgenommen. Die Untersuchungen
zum unnatürlichen Todesfall des S. wurden nach einem gemeinsamen Plan im Zusammenwirken von der Kreisdienst-
stelle Wernigerode und der Spezialkommission der Abteilung IX der BV Magdeburg durchgeführt. Wie durch eine
Zeugenbefragung der Ehefrau des S. bekannt wurde, war er
in der Zeit vom 1.4.- 15.4.72 zu einem Lehrgang der Schuldirektoren des Kreises Wernigerode im FDGB-Heim
„Comenius" in Stolberg/Harz. Am 12. 4. 72 wurde zwi-
schenzeitlich der Lehrgang für einen Tag unterbrochen, da
alle Schuldirektoren an der Beisetzung des Schulleiters F.
teilnahmen. Am 15.04.72 gegen 17.30 Uhr traf der S. nach
Beendigung des Lehrgangs in Börnecke ein.

Die Überprüfungen in Nordhausen und Stolberg haben ergeben, dass in der Zeit vom 14.4.bis 15.4.72 die Betriebsleitung der ehemaligen Firma Fischer KG-Tapetendruckma-
schinen Nordhausen- jetzt VEB Polygraph Nordhausen- im
FDGB-Heim in Stolberg aufhältig war. Bei dieser Betriebsleitung handelte es sich insgesamt um 9 Personen, die sich
dort zu ihrem jährlichen Kollektivvergnügen trafen. Wie von
mehreren Personen bestätigt wurde, kam es zwischen

Angehörigen der Betriebsleitung Nordhausen und den Schuldirektoren E. und S. zu Meinungsverschiedenheiten. Hierbei konnte festgestellt werden, dass alle Beteiligten zu diesem Zeitpunkt stark unter Alkoholeinfluss gestanden haben. In diesem Zusammenhang wurde auch bekannt, dass der Werkdirektor des genannten Betriebes aus Nordhausen, Walter K., mit dem Schulleiter S. allein in der Bar gesprochen hat, ohne dass der Inhalt des Gesprächs bekannt wurde. Der Werkdirektor Walter K. hat geleugnet, mit dem Schulleiter ein Gespräch in Form eines Verhöres geführt zu haben bzw. ihn einen Arbeiterverräter genannt zu haben.

Wie aus dem Überprüfungsergebnis vom 29.4.72 hervorgeht, ist der Walter K. als GMS* für die Abteilung XVIII der EV Erfurt erfasst. Da die Zusammenarbeit mit dieser Person seit ca. 2 Jahren unterbrochen ist, erfolgte die Archivierung im Referat XII der BV Erfurt. In der Zusammenarbeit mit dem MfS wurde der Betriebsleiter K. als unehrlich und unaufrichtig eingeschätzt, der außerdem versucht hat, den zuständigen Mitarbeiter des MfS zu hintergehen.

Auf Grund dieser Tatsachen ist es sehr wahrscheinlich, dass der Walter K. mit dem Schulleiter S. in den frühen Morgenstunden des 15.4.72 in der Bar des FDGB- Heims „Comenius" eine Auseinandersetzung in der Form geführt hat, wie sie von dem Schulleiter S. am 17.4.72 seiner Ehefrau mitgeteilt wurde, zumal beide unter erheblichen Alkoholeinfluss gestanden haben.

Hinweise auf ein Verbrechen bzw. Zusammenhänge zum unnatürlichen Todesfall des ehemaligen stellvertretenden Vorsitzenden für Inneres des Rates des Kreises Wernigerode, Alexander S. , wurden nicht bekannt, so dass die

Untersuchungen zum unnatürlichen Todesfall des S. abgeschlossen sind.

Stellv. Leiter der SK"

---

* **GMS**
Gesellschaftlicher Mitarbeiter für Sicherheit.

Die Richtlinie 1/68 des Ministers für Staatssicherheit Erich Mielke aus dem Januar 1968 führte die „Gesellschaftlichen Mitarbeiter für Sicherheit" ein, die der Stasi bei der Beschaffung von Informationen über Persönlichkeiten des öffentlichen Lebens helfen sollten. GMS mussten sich durch eine „staatsbewusste Einstellung" auszeichnen und über gute Verbindungen verfügen. In der Regel wurden sie nicht „zur direkten Bearbeitung feindlich-negativer Personen und Personenkreise" eingesetzt und nur begrenzt in konspirative Methoden einbezogen. Auf die Vergabe eines Decknamens wurde oftmals verzichtet. GMS arbeiteten als Parteifunktionäre, in den Führungsgremien des Freien Deutschen Gewerkschaftsbunds (FDGB) oder in anderen Leitungsfunktionen. Ihr Einsatz war erst ab 1980 registrierpflichtig. Zuletzt verfügte das MfS über 33.000 GMS.(Quelle: Wikipedia)

Danke

Danke den Lesern, die mir bis hierhin gefolgt sind. Danke für ihre Geduld und für das Interesse an meinem Buch. Es ist aber nicht mein Buch allein. Seine Entstehung war nur möglich durch den Zuspruch, die Beratung und die Korrekturlesung meiner Töchter. Auch den Geschwistern meiner Eltern bin ich für ihre Erinnerungen und ihre Fotos sehr dankbar. Manches Kapitel hätte ich ohne sie gar nicht schreiben können. Vielleicht ist es uns allen gemeinsam gelungen, Fragen zu beantworten, auf die wir über vierzig Jahre keine Antworten hatten.

Trost gibt der Himmel,
von den Menschen erwartet man Beistand.

Ludwig Börne

Sachwortverzeichnis

Berg Mitridat
Am Fuße des Berges befand sich die Hauptstadt des antiken Bosporer Staates „Pantikapeja"

Chersones
Antike griechische Stadt auf der Krim, Halbinsel vor Sewastopol

Flak
Kurzwort für Flugabwehrkanone; daneben umgangssprachlich Kurzbezeichnung für die Flugartillerie

Flakartillerie
Heute kaum noch übliche Bezeichnungen für die mit der Aufgabe der bodengestützten, aktiven Luftverteidigung betrauten, aus der Artillerie hervorgegangenen und mit Flugabwehrkanonen ausgerüsteten Truppen

Flakhelfer
wurden eingezogen oder notdienstverpflichtet; Aufgaben waren Luftlagemeldungen, funken, fernsprechen, auch Mädchen wurden kriegsdienstverpflichtet

He 111
Flugzeug, hergestellt in Warnemünde; Ernst Heinkel ist Entwickler einer Vielzahl von Flugzeugtypen; He111 wurde 1934 als Verkehrsflugzeug, ab 1937 als Bomber genutzt

IL2
gepanzertes Erdkampfflugzeug von 1939, Entwickler: Sergej
Iljuschin

JU 52
Transportflugzeug von Junkers, gebaut von 1932-1952,
Spitzname: „Tante Ju"

Ju 87
Sturzkampfbomber von Junkers

Kdo-Gerät
Ortungsgerät für ankommende Flugzeuge, Radargerät

Kertsch
Industrie- und Hafenstadt auf der Krim, nach dem Krieg
wird sie „Heldenstadt"

Lagg
Luftabwehrgeschützgranaten

Lefte
Ortsgebräuchliche Bezeichnung für „Nachfeier", „Das
Letzte verzehren"

Me 109
Messerschmidt 109, meistgebautes Jagdflugzeug des 2. Weltkrieges, Sitz der Werke: in München und Augsburg

PK-Leute
Leute aus der Propagandakompanie

Ruslanpulver
Pulver zur Läusebekämpfung

Sapun-Berg
Heute mit Gedenkkomplex für die Befreier von Sewastopol

Sewastopol
Hafenstadt, nach dem Krieg wird sie „Heldenstadt"

Simferopol
Hauptstadt und Verkehrszentrum der Halbinsel

Stalinlampe
Spottbezeichnung der Soldaten für „Kerze"

Stalinorgel
Von deutschen Soldaten geprägter Begriff für die von der Roten Armee verwendeten Mehrfachraketenwerfer. Besonders kennzeichnend war das beim Abfeuern laute, jaulende Geräusch; von den sowjetischen Soldaten wurde sie „Katjuscha" genannt

Stukas
Sturzkampfflugzeuge von Junkers

Literatur

1. „Brockhaus Enzyklopädie". 19. Auflage, 1986-1996

2. Alex Buchner „Ostfront 1944". Edition im Nebel Verlag, Eggolsheim

3. Gabriela Signori „Trauer, Verzweiflung und Anfechtung". Herausgeber G. Signori, 1994

4. Günther Stöckicht „Geschichte eines Dorfes". Koch-Druck Halberstadt, 2008

5. Lorenz S. Tagebuchaufzeichnungen

6. Svenja Goltermann „Die Gesellschaft der Überlebenden". Random House GmbH, 2010

7. Ute Susanne Werner „Ich krieg mich nicht mehr unter Kontrolle". Fackelträger, 2010

8. Wolfgang Pickert „Vom Kuban-Brückenkopf bis Sewastopol". Kurt Vowinkel Verlag, 1955

Weiterhin erschienen im pkp Verlag

pkp-verlag.de

Historischer Roman

Der Schamanensand vom Regenstein
Die Sachsenkriege und das Leben König Heinrichs IV.
(† 1106) – Teil 1
Regina Oversberg

Erzählungen

Durchlebte Wende im Osten
Erlebnisse, Beobachtungen und Einschätzungen eines
Westdeutschen in der ehemaligen DDR
Gerhard Brugmann

Geschichten aus dem Leseturm III
Das Wendebuch: Erlebte Revolution 1989/90,
Massenflucht, Reisefreiheit, D-Mark, Wiedervereinigung
Autorinnen und Autoren des Leseturm
Literaturkreis Merseburg

Aus der Heimat in die Ferne
Zweiter Weltkrieg, Flucht und Vertreibung 1945
Ingeborg Schmelz

Weihnachtsgeschichten aus dem Leseturm
Festtagsfreuden rund um Gänsebraten, Westpakete und die
Liebe unterm Weihnachtsbaum
Autorinnen und Autoren des Leseturm
Literaturkreis Merseburg

Alltägliche Sensationen
Geschichten und Reportagen
Tilo B.

Geschichten aus dem Leseturm II
Merseburg zwischen Russenkaserne, Strandkorb und TH
Autorinnen und Autoren des Leseturm
Literaturkreis Merseburg

**Neue Geschichten über Herbert, Hubert und andere
Zeitgenossen**
Regina Oversberg

Kinderbücher

Der Spatzenjunge Flori
Ingeborg Schmelz

Die kleine Brockenhexe Walpurgis
Johanna Adler

pkp Verlag

Internet: pkp-verlag.de
E-Mail: info@pkp-verlag.de

pkp Verlag
Postfach 1602 – 06206 Merseburg
Deutschland